關川夏央
谷口治郎
劉蕙菁 譯

『少爺』的時代 第四卷

明治流星雨

在凜冽的近代中，活得多采多姿的明治人

明治流星雨

「少爺」的時代　第四卷

目次

第一章 秋水被捕 五
第二章 土佐中村人——幸德傳次郎 三一
第三章 何謂社會主義？ 五一
第四章 日俄戰爭時的處境 七三
第五章 寒冷的夏天 九一
第六章 清涼的泥濘——青年寒村 一一一
第七章 寂寞如火的女人——須賀子 一三五
第八章 無政府共產 一四九
第九章 命運的齒輪 一七五

第十章　致日本皇帝睦仁君　一九五
第十一章　恐怖分子群像　二〇七
第十二章　正義之士　二二五
第十三章　哈雷彗星回歸　二五三
最終章　明治流星雨　二六九

所謂的「大逆事件」及其背景　二六九

關於《明治流星雨》　二九六
新裝版後記　關川夏央　二九九

第一章
秋水被捕

哐咚
熱海↔小田原
哐咚

哐咚
哐咚
明治四十三年六月一日
喀噠

呼啊——
搔頭
搔頭
幸德傳次郎，號秋水，時年三十九歲。
扔
唉、金錢萬能的世間，
金錢萬能啊，
提著寒酸的便當～～
抖動
無精打采大口嚼～～
拉扯
啊！

嘿
嘿
咚
好痛
為錢大笑～
為錢哭～
湯河原溫泉
天野屋
幸德秋水從明治四十三年三月十二日起，一直住在這裡，
同居的情人管野須賀子陪伴他到五月一日，
他們無力支付違反新聞法的七十圓罰款，因此管野一個月前回東京服刑，坐牢一天可抵一圓罰金。

秋水退出無政府主義運動，官府的打壓讓他的生活窮困潦倒，為了謀生便住進溫泉旅館寫起《通俗日本戰國史》來了。
右翼人士小泉三申1是秋水的老友，住宿是他代為安排的。
吱嘎
吱嘎
唉，金錢萬能的世間，金錢萬能啊～～
唉
田岡佐代治，號嶺雲2

1. 小泉三申（こいずみ さんしん）：本名策太郎，靜岡縣人，日本的記者、報人、政治家。1894（明治 27）年擔任「自由新聞」社記者，與幸德秋水交好。
2. 田岡嶺雲（たおか れいうん）：本名田岡佐代治，高知縣人，明治時期的思想家、評論家，曾於幸德秋水、堺利彥等人創辦的《平民新聞》連載批判戰爭的文章，後由於肺結核病況惡化，於湯河原溫泉長住療養。

3. 信州是今天的長野縣。技工宮下太吉在 1910 年 5 月 25 日因違反爆裂物取締罰則的罪嫌在長野縣明科被警方逮捕，這就是所謂大逆事件的開端——「明科事件」。

年輕人亂來，這下闖禍了……
製造炸彈？真是精力旺盛。
該說是蠻勇血性吧？
得設法收拾善後才行。
管野小姐已經入獄了……
我也得去探監，
為她加油打氣。
男人一見到她就心癢難耐，
真是個有魅力的女人。
連我這個病人都感到不必要的熱情，
熱情高漲，似乎暗示了最後的破滅……可怕啊。
我也有同感……管野一出獄，我會好好跟她談分手的。
……
幸德先生，車來了！
來啦。

最後替我送終的人，還是前妻吧？
那個年輕人怎麼辦？要是他拿著手槍闖進來……
戀愛讓青年陷入衝動，威力實在驚人。
喔，你是說荒畑？
荒畑要是來了，就告訴他剛剛那番話，叫他安心，
順便跟他說，秋水命不久矣，不必急著殺我。
吱嘎
吱嘎

門川——
門川——
吱吱……
呼嚕嚕嚕
我們去天野屋。
馬伕，快一點！
為錢拆散親子情～～
為錢斬斷夫妻緣～～
吱嘎
吱嘎

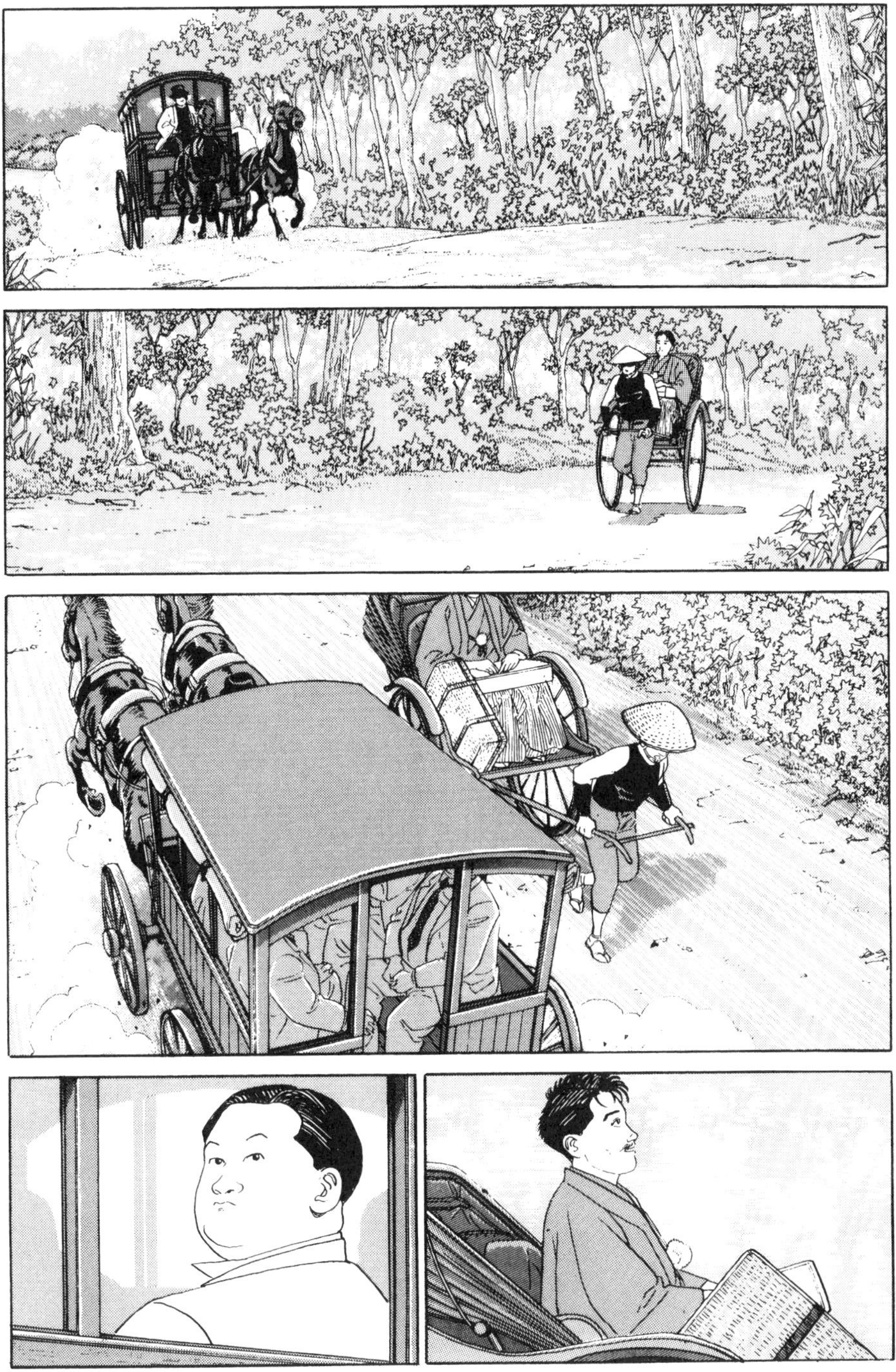

剛才那傢伙……
今井警部，
怎麼啦？
是秋水吧……
我去他的橫濱演講會臨檢過，認得出來……
下車確認一下！
咚！
咚！
停車！
嘿喲。
麻煩妳了。
怎麼這麼重？
裡頭都是書？

是鈔票……滿滿整箱都是。
哈，辛苦啦。
不如咱們倆私奔吧？
討厭啦，
幸德先生真愛說笑。
呼
呼
呼
太好了！什麼事情都沒發生，
啊？
那個掃把星呀。
咚
喔，妳是說哈雷彗星啊……已經走了。

聽說掃把星會把空氣吸光，到時大家都要窒息了，
還說富士山會噴火，謠言可多了……
有人收購一大堆人力車的橡皮胎，把空氣灌進去賣錢，
真是笑死人了。
哈哈。
那個什麼哈雷的……
還會再回來嗎？
下一次回歸，
還要再等上七十六年吧……
寺內陸軍大臣兼任韓國統監
七十六年……
那是明治幾年啊？
到時就沒有明治這個年代了吧？
搧搧
那又是什麼年號啊？
年號？
大概沒有明治、慶應、安政這種稱呼了。
這樣不就糟了？
還有耶穌的曆法。

我算算，下一次是……
西曆一九八六年。
一千九百……
還要幾年？
我只剩兩三年好活，妳還來日方長……好好養生還可以跟孫子、曾孫們……
一起看哈雷彗星。
啜…
請問你是誰？
報上姓名吧。
呼、
呼、
你又是哪位？
我是警官，
高等警察主任警部，今井安之助。
在下幸德秋水。

果然是你！警方有幾件事要請教，
跟我走一趟吧。
不行啊，我正要回東京，
對了……你有拘捕令嗎？
拘捕令？
……糟糕，在大田黑檢察官那邊。
狂奔
同一時刻，田岡嶺雲也被警察找去問話。

呼
呼
呼
喂——
給我拘捕令！
先生……不要緊嗎？
妳別擔心，大概是常來我家的小伙子闖禍了。
……
茶資還沒給妳呢。
先生，不用了啦。

不，這可不行。
起身
真的不用。
這個送妳作紀念，
不然這樣吧，
朝鮮義士安重根揮毫的扇子，
多保重。
嶺雲被警方長時間晾在一旁，並未受到偵訊，
他請求跟秋水說話，並未獲得許可。

寂靜的晴天，上午能聽到蚊蟲振翅聲。
一切只是序曲，名叫宮下太吉的青年在信州違反爆裂物取締法的案子，很快就演變成判決二十四名嫌犯死刑，實際處死十二名的「大逆事件」。

當天同一時刻，在東京牛込的早稻田南町——
喀拉
老公，你要出門嗎？
要去長與醫院看病嗎？
我這個人真冒失呀～～
撿到蛙嘴小錢包～～
高興地拿回家一看～～
汪汪
夏目漱石去內幸町的長與腸胃醫院就診。
原來是馬車輾死的青蛙～～
哇哈哈、哇哈哈～～
在東京朝日新聞連載的《門》再過三回就要完結了，被他患病鈍痛的胃影響，成了反映作者健康狀況的陰鬱小說。

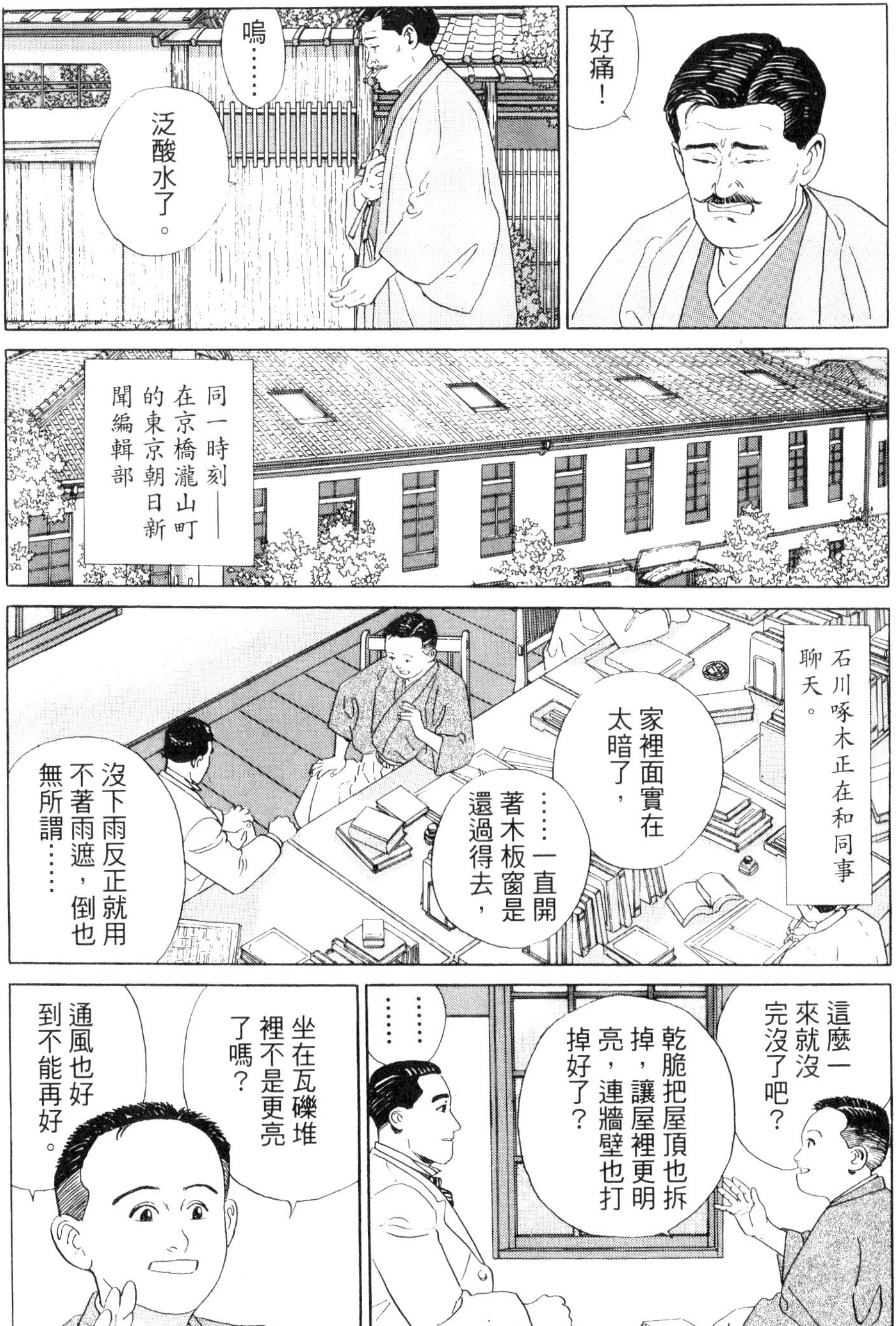
好痛！
嗚……
泛酸水了。
同一時刻——在京橋瀧山町的東京朝日新聞編輯部
石川啄木正在和同事聊天。
家裡面實在太暗了，
……一直開著木板窗還過得去，
沒下雨反正就用不著雨遮，倒也無所謂……
這麼一來就沒完沒了吧？
乾脆把屋頂也拆掉，讓屋裡更明亮，連牆壁也打掉好了？
……
……
坐在瓦礫堆裡不是更亮了嗎？
通風也好到不能再好。

問題是冬天來了，又該怎麼辦？
這就是你的……
自然主義觀嗎？
自然主義的確能發揮破壞舊道德的作用。
但不會帶來新的規範，
這樣下去是無法過冬的。
即使是無政府主義，也會渴望新規範出現吧？
唔。
可是啊，松崎兄，政府光是一味打壓……
這麼一來，任誰都會自暴自棄的。
自暴自棄啊。
東京朝日新聞 社會部記者 松崎天民[4]
喂，石川，
快把漱石老師的排版稿拿去印刷廠！
是！

4. 松崎天民（まつざき てんみん）：本名松崎市郎，日本岡山縣人，歷任大阪朝日新聞、國民新聞、東京朝日新聞等大報記者。

同一時刻——位於市谷谷町的東京監獄作業室
管野須賀子的肺病惡化了，或許是體質的關係，看不出衰弱的跡象。
停止作業——
往食堂移動——
……還剩下幾天？
須賀子數著還剩下多少刑期，然而，她再也無法重獲自由了。

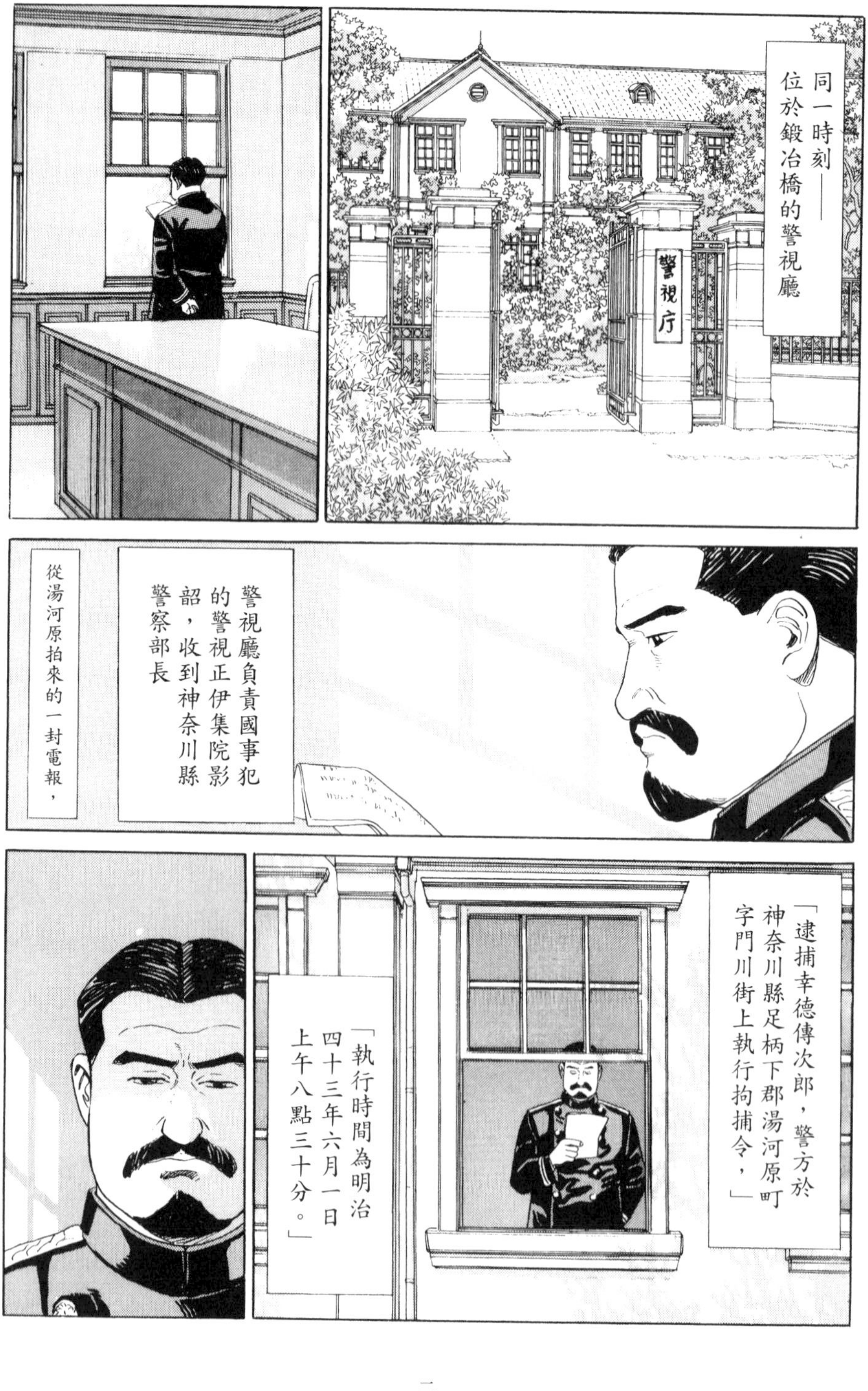
同一時刻——位於鍛冶橋的警視廳
警視庁
警視廳負責國事犯的警視正伊集院影韶，收到神奈川縣警察部長
從湯河原拍來的一封電報，
「逮捕幸德傳次郎，警方於神奈川縣足柄下郡湯河原町字門川街上執行拘捕令，」
「執行時間為明治四十三年六月一日上午八點三十分。」

湯河原　門川派出所
耽擱你的時間了，
田岡先生現在可以回去了。
……
我想跟幸德說幾句話。
這個嘛……
不行。
……
嶺雲隔著玻璃窗，和同鄉老友道別。
再會了。
秋水並沒有回頭。

再會。
聽得到沙啞的回覆——那是主義不同，依然維持長年情誼的老友在向他永訣。

第二章

土佐中村人——幸德傳次郎

明治十九年　土佐中村
板垣退助林有造両先生
歓迎時局放談会
自由亭
板垣退助、林有造兩先生
時局對談歡迎會
自由亭
嘩啦
嘩啦
幸德、
喝吧，一口乾了！
咕嘟
咕嘟

明治四十三年，所謂的「大逆事件」成了日本的轉捩點。
在描寫人物群像前，還是來回顧一下出身土佐中村地方的幸德秋水所度過的四分之一個世紀吧！那是一段異於漱石、鷗外、二葉亭和啄木等人的傳奇人生，同樣也是明治人的一生。

可是，我不同意暴動。
板垣退助[1]，四十九歲
「板垣雖死，自由不死」——他在岐阜遇刺後又過了四年，這句傳遍全日本的名言，其實是當時後藤新平[2]在現場的即興創作……
君民同治，
國家的統治權應該由君王和民眾平等地共享。
自由黨本來努力的目標是英國式的政治，建立代表人民的議會政府，和君主維持對等關係，
我身邊的這位林有造[3]，看來仍舊難以捨棄打天下的野心呢！
林有造，四十六歲，暴政家岩村通俊[4]的弟弟，岩村高俊的哥哥，小時候過繼給林家當養子。

1. 板垣退助（いたがき たいすけ）：土佐藩（高知縣）出身，日本明治維新功臣之一，日本自由民權運動家、日本第一個政黨「自由黨」的創立者。
2. 後藤新平（ごとう しんぺい）：出身於岩手縣，日本的醫師、官員及政治家，明治15（1882）年4月，自由黨黨魁板垣退助在岐阜縣演說時遇刺，便是由當時在愛知縣醫學校行醫的後藤新平診治。

3. 林有造（はやし ゆうぞう）：土佐藩（高知縣）出身，日本自由民權運動家，明治10（1877）年8月曾呼應西南戰爭在土佐起兵舉事企圖顛覆明治政府，後來失敗被捕入獄。
4. 岩村通俊（いわむら みちとし）：土佐藩（高知縣）出身，西南戰爭時擔任鹿兒島縣令，並曾任沖繩縣令及北海道廳長官，以魄力鐵腕強勢推動各項施政措施。

你的酒量不差嘛。
我家是賣酒的，
商人之子也能夠打天下嗎？
要改變社會，取消士族、平民、商人之分，
尾崎行雄[8]曾意氣風發地說，只要有三、四十個人就能成大事了。
幸德，你今年幾歲？
十五歲了。
嗯，人品好又有氣魄，值得期待，
希望你日後在政界飛黃騰達。
說得好！
啊哈哈哈哈哈
哇哈
哈哈哈哈

5. 大江卓（おおえ たく）：土佐藩（高知縣）出身，日本的實業家、參議員、自由民權運動家，曾與林有造共同策劃土佐起兵，失敗後被捕入獄十年。
6. 立志社（りっししゃ）：鼓吹自由民權運動的高知政治團體，由板垣退助、林有造等人於明治7（1874）年創設。

高知縣西部幡多地方以土佐中村為中心，是個麻雀雖小，五臟俱全的小天地。
離開中村的唯一交通方式，是到四萬十川的河口坐船到高知，
叭——
再由高知搭乘汽船。
高知三面被屏風般的山脈所隔絕，只有南邊朝向大海，這樣的風土孕育出政治性強，陽剛而叛逆的人格。

7. 意指多倒些酒來，而自由湯（じゆうとう）的發音和「自由黨」相同，作者可能隱喻了林有造對政治的雄心不死。
8. 尾崎行雄（おざき ゆきお）：日本政治家，出身於神奈川縣相模原市，有「憲政之神」、「議會政治之父」美譽，他自 1890 年起擔任眾議院議員，至 1953 年止，當選多次眾議院議員，參政資歷長達六十三年。

嗚嗚…
啪答
嘔——
噁——
嗚嘔——
小弟，你還好吧？
你也要加入壯士的行列嗎？
咕嘟
嗚嘔——
聽說土佐壯士都聚集在東京，情勢亂得很。
明治二十年秋天，秋水從高知中學輟學，立志從政而離開故鄉中村，
那年他十六歲。
嗚嗚……

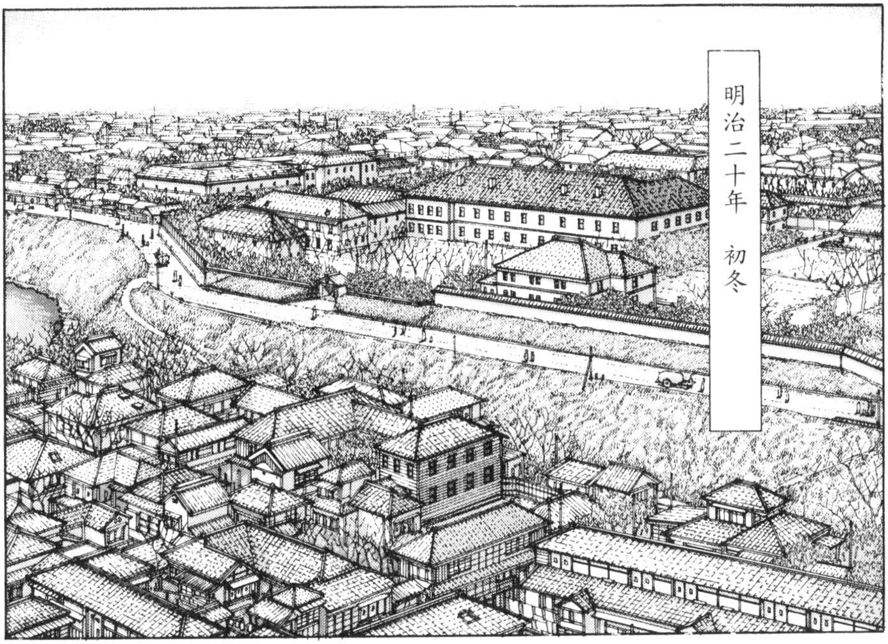
明治二十年　初冬

喀喀
喀喀
喀喀

維新大業迎向最後激動的高潮，大權在握的政府這時開始鎮壓民怨、強勢整頓。

鹿鳴館
喀喀
喀喀
沙沙
那些貪官竟然還在開晚會狂歡？
只會簽訂轉讓治外法權的爛條約，還搞屈辱外交喪權辱國！
……是啊
你也是土佐人？

咱們土佐人給他們點顏色瞧瞧，來爭口氣吧！
喂，山縣來了！
喀喀
喀喀
……
……
噗嚕嚕嚕
喀喀
喀喀
他可是跟井上馨9齊名的大奸賊！
喀喀
喀喀
喀喀
喀喀
山縣有朋……
喀喀
喀喀
喀喀

9. 井上馨（いのうえ かおる）：長州藩（山口縣）出身的日本政治家，與當時的首相桂太郎為姻親，擔任首位外務大臣，為了謀求改訂不平等條約，致力於推動歐化政策，建設了帝國大飯店及鹿鳴館。

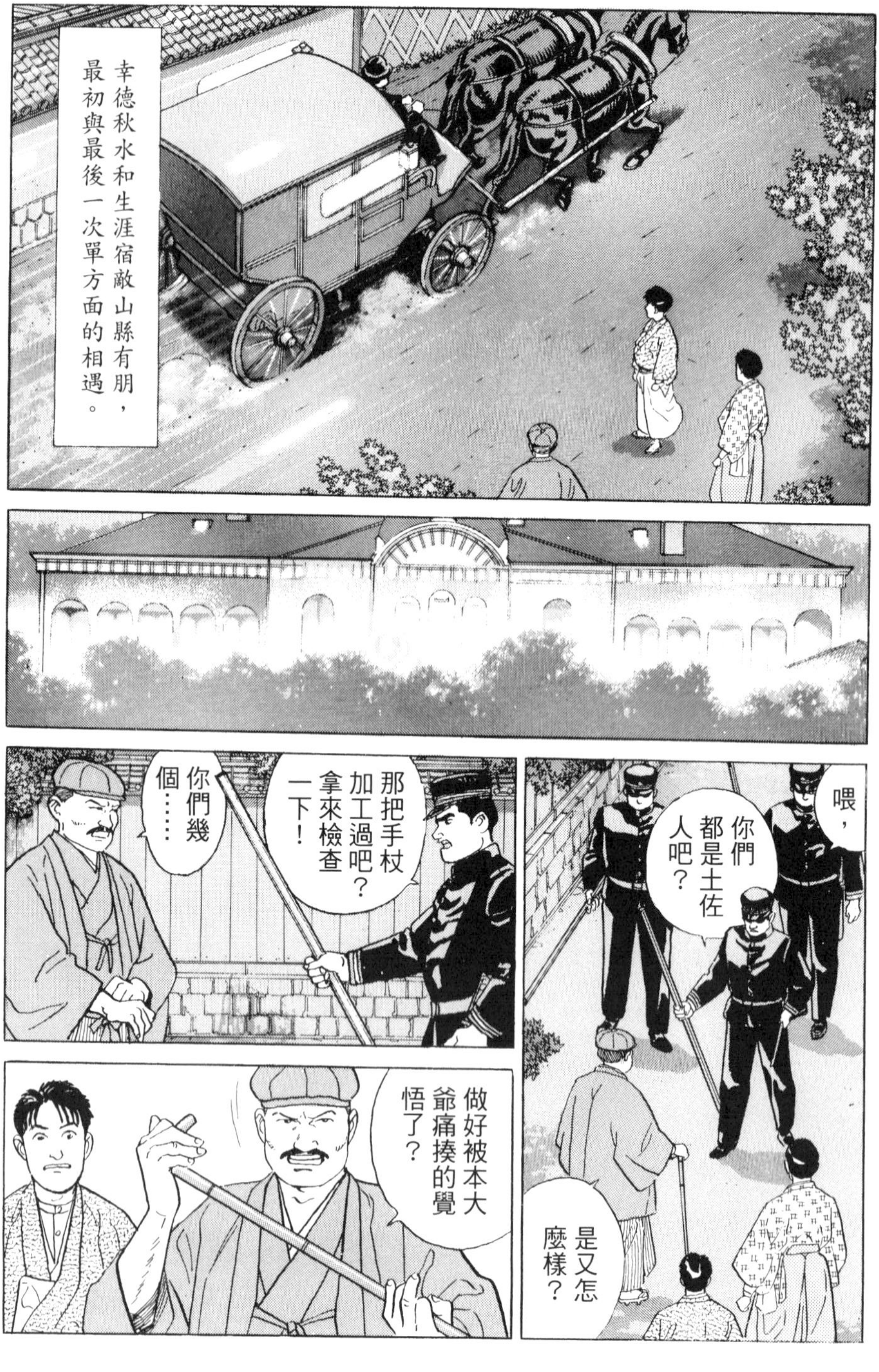

幸德秋水和生涯宿敵山縣有朋，最初與最後一次單方面的相遇。
喂，
你們都是土佐人吧？
那把手杖加工過吧？拿來檢查一下！
你們幾個……
是又怎麼樣？
做好被本大爺痛揍的覺悟了？

沙沙
沙沙
沙沙
喂，別衝動！以後再算帳！
……
可惡！
給我聽好，
再過十天，你們薩摩和長州就要倒大楣了！
瞎說些什麼？
你們的末日才快到了！
明治二十年十二月二十五日
官報號外
明治二十年
第三條
內亂ヲ陰謀シ又ハ教唆
依リ處分スルノ外仍ホ其
印刷者ハ其情ヲ知ラサル
第四條
皇居又ハ行在所ヲ距ル三里
ト認ムルトキハ警視總監又
入寄宿又ハ住居ヲ禁スルコ
退去ノ命ヲ受ケテ期日又ハ時
シ仍五年以下ノ監視ニ付ス
第五條
監視ハ本籍ノ地ニ於テ之ヲ執行
人心ノ動亂ニ由リ又ハ內亂ノ豫備
ト認ムル場合ニ於テ其一地方ニ限
一凡ソ公衆ノ集會ハ屋內屋外ヲ問
スル事
一新聞紙及其他ノ印刷物ハ豫メ警察
特別ノ理由ニ因リ官廳ノ許可ヲ得
第六條
旅人ノ出入ヲ檢查シ旅券ノ制ヲ設
命令ニ對スル違犯者ハ一月以上二
七條
犯シタルノ場合ニ於テハ各本法ニ
發布ノ日ヨリ施行ス

中江兆民10的《三大事件建白書》和尾崎行雄顛覆政府、東京暴動的宣言，讓明治政府擔心這群土佐壯士群起響應，
內相山縣有朋便按照保安條例發布東京的戒嚴令，把土佐好漢全數驅逐到「皇城三里之外」。
給我走快點！
嗚
山縣的走狗少囉唆！
小伙子不服氣嗎？

10. 中江兆民（なかえ ちょうみん）：本名中江篤介，土佐藩（高知縣）出身的日本政治家、思想家、自由民權運動的理論指導者，曾譯介盧梭的《社會契約論》。

……
不服氣又能怎樣，你沒錢買火車票吧？
那就給我哭著走回土佐去！
……
土佐人全數被驅離，自由派的首腦中江兆民、星亨11、尾崎行雄和林有造等人自不例外，就連剛到東京四個月的秋水和鰹魚小販也被趕走。

11. 星亨（ほし とおる）：出身於東京的日本政治家，曾赴英國留學，因為批判藩閥政治、參加民權運動，在明治20（1887）年12月被當局依據《保安條例》逐出東京。

登上費城的獨立廳，仰望自由的破鐘，
拜讀獨立宣言，當時美國人高舉義旗，
反抗英王殘酷暴政，
方能成為獨立自主之民。
秋水十八歲時來到大阪，成為中江兆民的弟子。
緬懷其風範，
俯仰無限感慨。
被流放的自由民權論客，像是末廣鐵腸[12]、西村天囚[13]、池邊三山[14]等人蟄居在大阪，大肆舉辦壯士劇場來宣揚理念。

12. 末廣鐵腸（すえひろ てっちょう）：本名末廣重恭，明治時代的自由民權派新聞記者、政治小說家，於明治27（1894）年當選眾議院議員。
13. 西村天囚（にしむら てんしゅう）：本名西村時彥，新聞記者、小說家，後擔任大阪朝日新聞社主筆。

＊兆民醉人經綸問答　主辦　東雲新聞社

14. 池邊三山（いけべ さんざん）：明治時代的知名報人，歷任大阪朝日新聞及東京朝日新聞的主筆，延攬二葉亭四迷及夏目漱石等文豪在報紙上撰寫小說。

另外一種是……
由統治者給予的民權，這就是恩賜的民權，
民眾獲得多少權利，全憑上層的意思決定。
拿這次政府頒訂的憲法來說吧，
充其量就是朝三暮四的緩兵之計。
日本這種小國，
有形的戰力無法與歐美列強相互抗衡，
要硬拚，我們根本是以卵擊石！

這是我中江兆民……
在法國親眼所見的觀察，
換言之，我們日本
必須以自由為軍隊，以平等為城堡，
以友愛為大炮，除此之外沒有別的生存之道了！
即使是歐美俄清等大國列強，也難以對付用「自由、平等、博愛」來武裝自己的小國，這個道理非常明白，
我深信這是歷史的必然發展！

自由民權！
啊啊！
哇！
平等萬歲！
民本萬歲！
在土佐中村的平民青年秋水心中，深深地刻劃了「回復的民權」和「非戰」兩句話，
這是明治二十二年的事。

第三章

何謂社會主義？

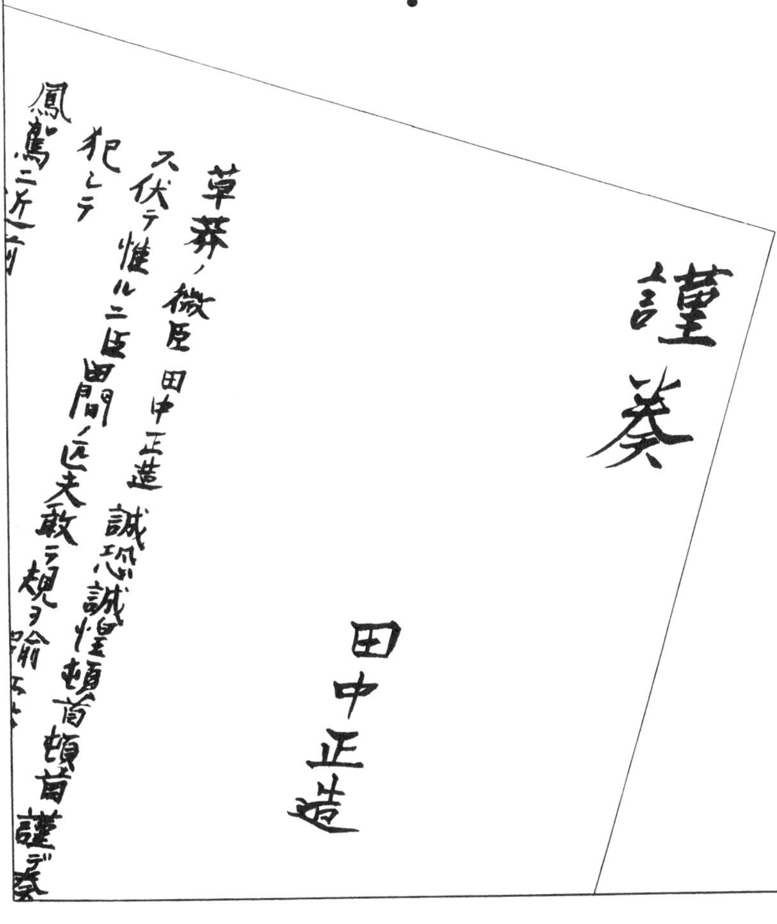
謹奏

田中正造

草莽ノ微臣田中正造誠恐誠惶頓首頓首謹テ奏

ス伏テ惟ルニ臣田間ノ匹夫敢テ規ヲ踰

犯シテ

鳳駕ニ近前

咦？
新郎沒來？！
幸德少爺逃跑了！
太過分了！
明治三十二年七月
幸德秋水　二十八歲

不知道發生了什麼事，總之可喜可賀，
咕嘟
呼——
幸德逃婚也算一件喜事，
對吧？
奧宮先生，你喝多了。
十年前頒布憲法那個狗屁東西，自由黨就跟洩了氣的皮球沒兩樣，
……
小泉老弟啊，尾崎、林、大江被政府籠絡，晚節不保的板垣跟大隈[1]竟然和伊藤、山縣妥協，
土佐人的臉都被丟光了！
還有那個瞧不起人的混蛋星亨，
放手，我得去找幸德……
安撫政敵，讓他們跟當權派靠攏，收買、威脅……再骯髒的手段也使得出來，
混帳東西！
咕嘟

1. 大隈重信（おおくま しげのぶ）：出身佐賀藩的日本政治家、教育家，創設早稻田大學，歷任外務大臣及兩屆內閣總理大臣等。

那個醉鬼……
他是誰？
奧宮健之。
啊，以前自由黨的……
他自稱車會黨，人力車夫群聚鬧事，就是他煽動的。
堺利彥——號枯川，個性穩重大方，日後成為社會主義運動的中流砥柱。
齋藤綠雨——不世出的諷刺評論家，在五年後竟然落得窮困而死。
真傷腦筋……幸德已經有逃婚的前科了。
他三年前第一次結婚，新婚當晚就開溜……
小泉三申——日後右派的大人物，明治四十三年和當局交涉，讓處境危急的秋水去湯河原的天野屋避風頭。
其實這三人都是秋水任職報社時的記者同事。

他以前也逃跑過？
半夜開溜到花街，
說他要「換換口味」。
新娘的面子就掛不住了。
才三個月就回娘家了。
舊事重演，他說原以為娶到光武帝的陰麗華，天曉得是齊王的無鹽……
這是什麼意思？
以為娶了美嬌娘，結果是醜女。
我們也不能不管……
趕緊把新郎找出來吧！新娘畢竟是宇和島藩的名門千金。
說得容易，要去哪裡找人？
幸德生性好色，
八成又犯了老毛病？
……
愛宕山下不是有好幾間拉客的茶屋？

沒錢什麼都辦不到啊，
我已經厭倦淒涼的蛙鳴蟬叫了，
這人是哪裡看不順眼呀？
天曉得。
黃白之物，
要有黃白之物才行……
咕嘟
胡說什麼？
想要黃金白銀啦！
呼——
說來好聽，什麼報社記者……

今晚誰要陪我同床共枕，
……一起逍遙快活？
妳嗎？
唉呀，
您是看上奴家了嗎？
以後要當大臣的人，
有志天下的仁人義士，要有博愛之心才能……
記者幸德先生──
有一群朋友來接您回家啦！
嗚嗚，
可惡，
喝得正開心……

2. 片山潛（かたやま せん）：日本勞工運動家、社會主義者及馬克思主義者、思想家和社會事業家，曾半工半讀留學美國，回國後積極展開勞工運動，後成為日本共產黨的創始者之一。
3. 木下尚江（きのした なおえ）：日本的作家、社會運動家，在日俄戰爭期間鼓吹反戰論的記者。

我們報社那位耶穌信徒也會加入嗎？
內村鑑三，四十歲，明治二十四年時因拒絕向教育敕語敬禮，被免除第一高等學校教職，在黑岩涙香5的邀請下進入萬朝報社。
抱歉，我不喝酒。
啊，好。
幸德，你想當代議士的熱情消褪了？

4. 安部磯雄（あべ いそお）：日本社會主義學者，由於信奉基督教，思想由人道主義逐漸傾向社會主義，致力普及棒球運動而被譽為「日本棒球之父」。
5. 黑岩涙香（くろいわ るいこう）：土佐藩（高知縣）出身，本名黑岩周六，日本的記者、小說家、翻譯家及報人，曾參與自由民權運動，明治25（1892）年於東京創辦《萬朝報》。

以前的自由黨轉型成憲政黨，被伊藤博文籠絡，合併成「立憲政友會」，
我這才曉得，以在野身分批評時政才是經世濟民之道。
前年你不是才從憲政黨的星亨那裡，收到一份東京市街鐵道公司的股票嗎？
那是小泉三申斡旋的結果，
他們想堵住評論家嘴巴的權宜之計……
我那時相信成大事者，要不拘小節，
以前真是個卑劣小人啊。
星亨最後也……

……今年六月，他被劍客伊庭想太郎6刺殺了。
太可怕了，
呼嚕呼嚕
暗殺沒有任何建設性。
說得好。
幸德，我想請教一個問題，
內村先生請說。
一群青年在皇太子大婚時觸犯了不敬之罪，你曾寫下如下評論——
「暗自思量，堯舜時代也有惡人存在，觸犯不敬的青年就是這一類的人吧？」

6. 伊庭想太郎（いば そうたろう）：日本劍術家，於明治34（1901）年持短刀公然刺殺星亨，被判處無期徒刑。

明治三十三年，皇太子嘉仁（大正天皇）和九條節子（貞明皇后）大婚，山川均[7]和守田有秋受到內村鑑三影響，指責這不是因自由意志結婚，遭到當局逮捕，
兩人尚未成年卻被重判三年半徒刑，出獄後成為平民社社員，秋水當時對他們相當冷淡。
為了完成革命大業，不惜將國王推向斷頭臺，
但基於人道精神，就算賭上性命也要拯救國王免於死刑，
這是恩師中江兆民的教誨。
……我可以理解你的心志，
然而，基督教和社會主義者在本質上不相容，
恕我無法跟社會民主黨結盟……

7. 山川均（やまかわ ひとし）：出身於岡山縣，日本社會黨成員，因為與友人守田有秋（もりた ゆうしゅう）在《青年的福音》雜誌撰文評論皇太子大婚為「人生的大慘劇」，因對皇室不敬，兩人都被判刑入獄。

同一時間，伊集院影韶陪同桂太郎到國會元老院室拜見山縣有朋。
他是東京警視廳的伊集院警視。
喔，薩摩人？
他明年春天會去英國留學。
社會主義到底是什麼？
是？
有個報社記者提出社會民主黨的組黨申請，
根本想不透這傢伙到底有何企圖？

聽說不過是憑空妄想的思想……
黨綱裡竟然有否定華族、廢除軍備、實施普通選舉的訴求。
這些都不准！
在下也不太清楚，聽說以救濟貧民為重心，主張限制國家的權力。
好大的膽子！
可是，隨著民眾勢力成熟，
據說有些列強國家也開始認同自然出現的社會改革主張……
詳情可以讓博學多聞的森軍醫監來說明。
喔，森林太郎啊？
和大山將軍8以前去柏林時，就覺得他學問很好。
對了……俾斯麥怎麼做？
是？

8. 大山：即出身於薩摩藩的陸軍元帥大山巖大將，明治維新後曾赴歐洲考察。

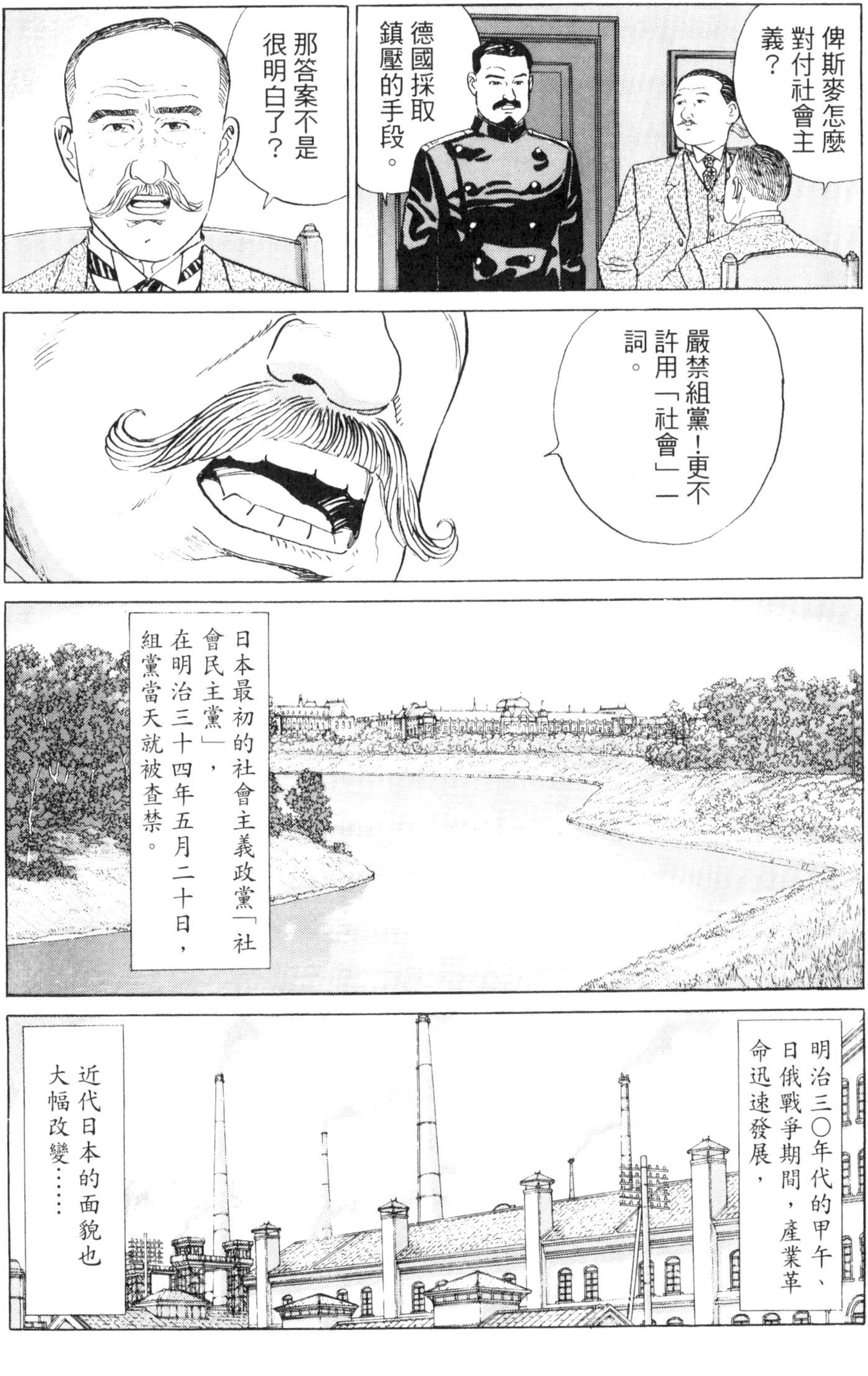
俾斯麥怎麼對付社會主義？
德國採取鎮壓的手段。
那答案不是很明白了？
嚴禁組黨！更不許用「社會」一詞。
日本最初的社會主義政黨「社會民主黨」，在明治三十四年五月二十日，組黨當天就被查禁。
明治三〇年代的甲午、日俄戰爭期間，產業革命迅速發展，
近代日本的面貌也大幅改變……

產業革命讓貧富差距擴大，社會秩序也陷入混亂。
嗚……冷死了
秋水雖然在大喜之日逃跑，最後還是和新娘千代子9成婚。
唔——
抖~抖~
咦？
有客人？
是的……

9. 師岡千代子（もろおか ちよこ）：國學家師岡正胤之女，明治32（1899）年與幸德秋水成婚，兩人後來在明治42年離婚。

10. 田中正造（たなかしょうぞう）：栃木縣出身的日本政治家，曾當選六屆參議員。

後代文豪志賀直哉的祖父志賀直道所開發的足尾銅山，後來變成古河市兵衛11的資產，由於不斷擴大產量，廢水大量流入渡良瀨川，害得周遭的萬頃土地全部變成不毛荒野。
拜託了！
您請起來，
……要是寫了請願狀，
幸德恐怕逃不過不敬之罪。
國家和大資產家就像一列狂奔的火車，踐踏平民的性命，
身為憂國之士就該要挺身而出，奮勇擋下這列火車，
老朽的愚見是……除了直接向天皇請願，恐怕沒有別的法子，你就一掬同情之淚，伸出援手幫忙吧！
……

11. 古河市兵衛（ふるかわ いちべえ）：出身於京都，明治時代的實業家，創設古河財閥，經營足尾銅礦時引發嚴重的勞資糾紛和公害汙染。

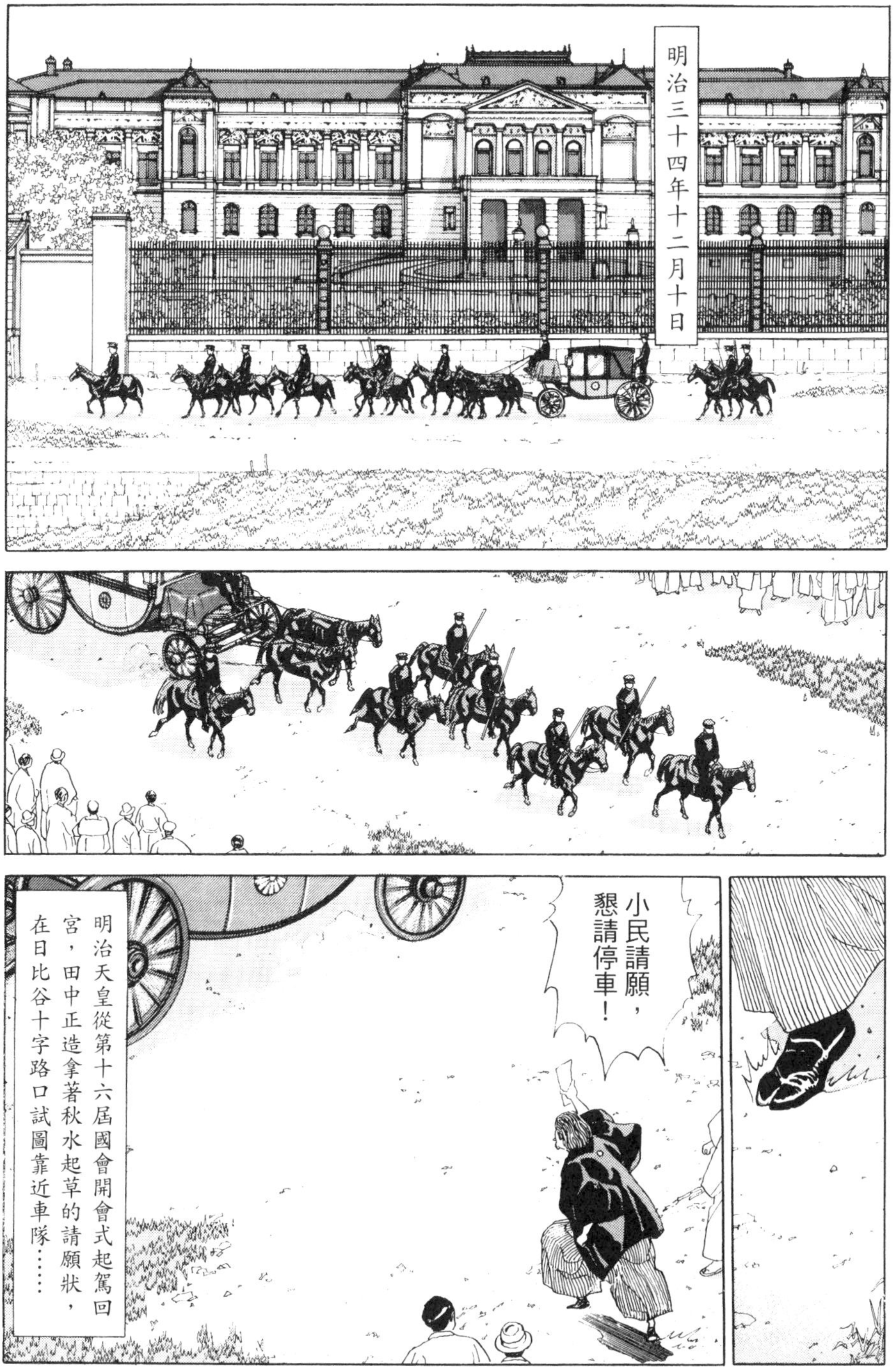
明治三十四年十二月十日
小民請願，懇請停車！
明治天皇從第十六居國會開會式起駕回宮，田中正造拿著秋水起草的請願狀，在日比谷十字路口試圖靠近車隊……

謹奏
陛下聽聽草民的請願吧！
答答
答答
長谷川先生，怎麼了？
是攔路喊冤。
陳情啊！
感覺好像是個狂徒。

12. 內田魯庵（うちだ ろあん）：本名內田貢，明治時代的翻譯家、小說家，與坪內逍遙、二葉亭四迷等文人交好。

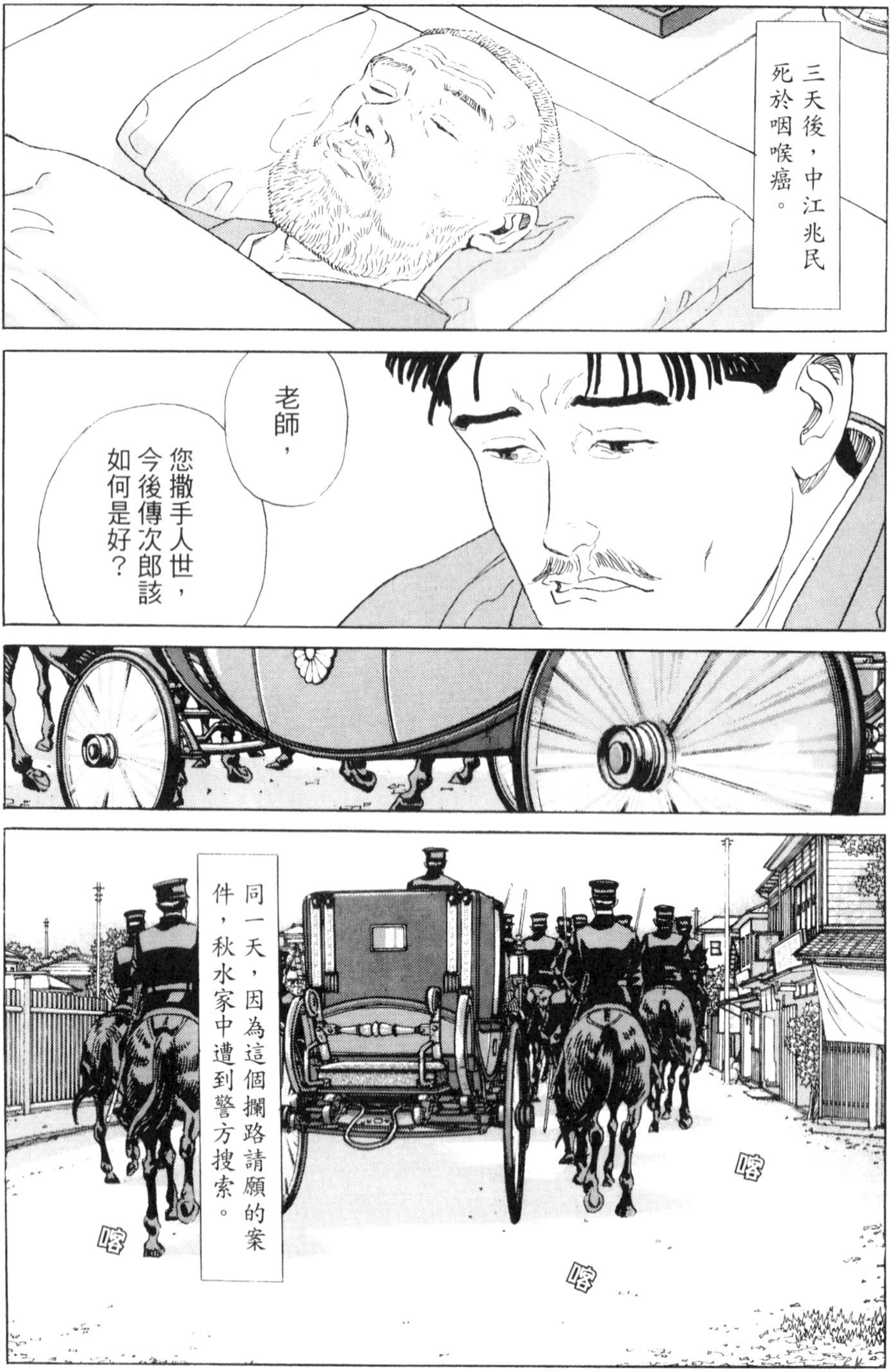
三天後，中江兆民死於咽喉癌。
老師，您撒手人世，今後傳次郎該如何是好？
同一天，因為這個攔路請願的案件，秋水家中遭到警方搜索。
喀
喀
喀

第四章 日俄戰爭時的處境

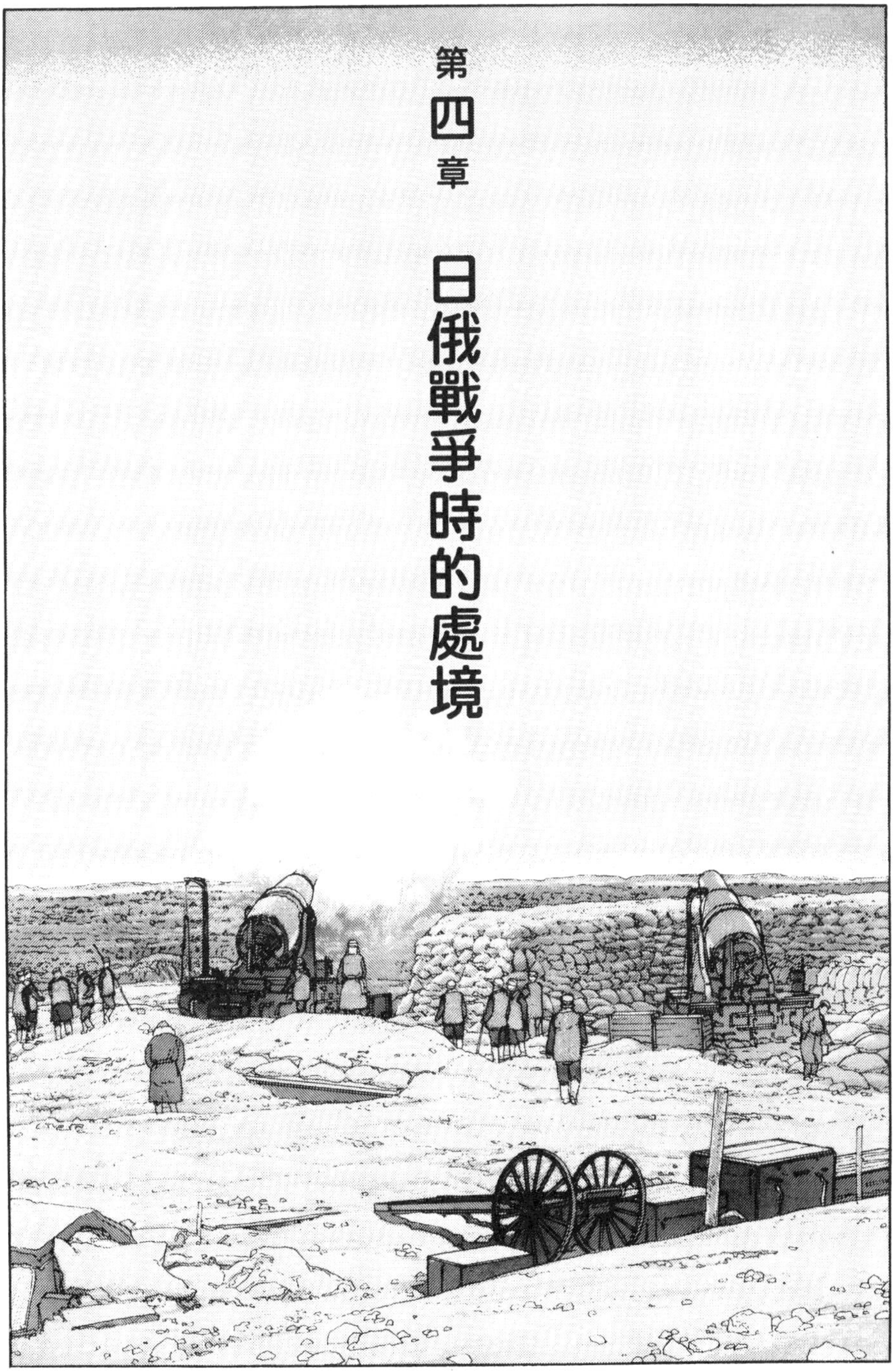

明治三十六年十月八日　萬朝報社
……現在大街小巷都在譴責俄羅斯的暴行，
輿論亢奮，和現在對貧富差距的不滿不相上下，
萬朝報社社長
黑岩涙香
嗚～～
迷失了前進的方向，或許是這樣，社會上瀰漫著反動的氣氛，
甲午戰爭時國權的擴大和個人相互重疊，導致民眾的自信心過度高漲。

幸德兄，怎麼了？
我宿醉……
又去找女人？
日本國民堅持對俄宣戰，恐怕難以動搖了。
實在沒臉見內村先生。
就是說啊。
既然輿論如此，
報社很難繼續堅持反戰的論點，
這和伸出腳來想阻擋地球自轉一樣，都是徒勞。
萬朝

內村先生有何打算？
他應該會辭職吧？
那人應該不會……
加入我們這邊吧？
他實在是太高風亮節了……
我們繼續支持反戰論，報社就無法經營，
我的義務是維持全體工人、職員、送報生，共一百五十多人的生計。
總算講到重點了……
是啊……
只能告別安穩的上班生活，自己開辦言論報紙……
要有所覺悟了……
今後的前途荊棘滿布。
能混口飯吃嗎？
就算不行也是得做……

沒有薪水也沒有後盾，只能靠言論來謀生了。
……
平民新聞，挺不錯的名字，
一切都是萬不得已，我們萬朝……
站起
從今天的晚報開始，轉為開戰論，
我對各位主張反戰的同仁深感抱歉，
就算分道揚鑣，今後我們的友誼永遠不變。
幸德秋水和堺利彥辭職創辦週刊《平民新聞》。
都是時勢所趨，別無他法。
誰叫咱倆就是天生叛逆，反抗潮流呢？

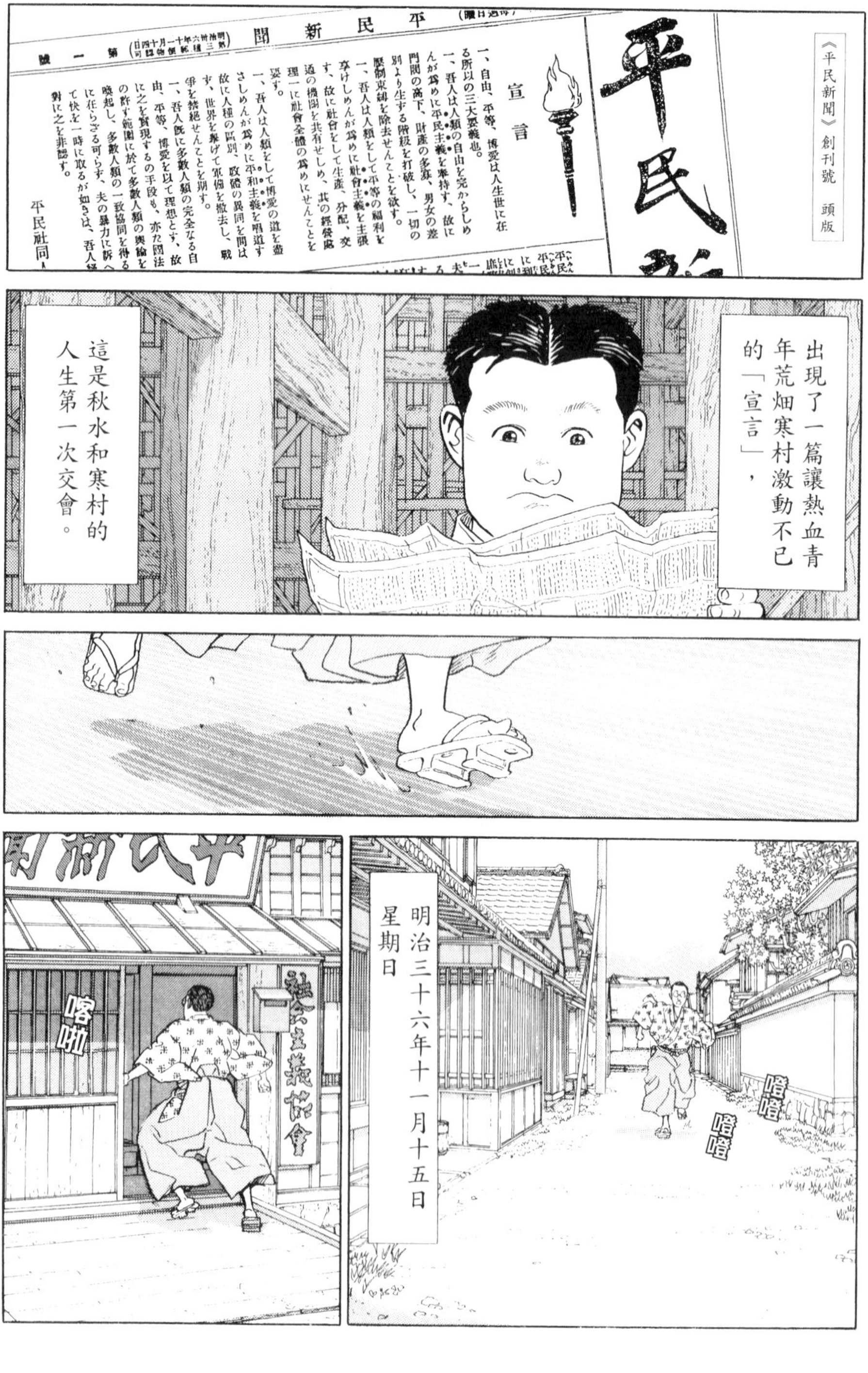
《平民新聞》創刊號　頭版
平民新
平民新聞
第一號
宣言
一、自由、平等、博愛は人生世に在る所以の三大要義也。
一、吾人は人類の自由を完からしめんが爲めに平民主義を奉持す、故に門閥の高下、財產の多寡、男女の差別より生ずる階級を打破し、一切の壓制束縛を除去せんことを欲す。
一、吾人は人類をして平等の福利を享けしめんが爲めに社會主義を主張す、故に社會をして生產、分配、交通の機關を共有せしめ、其の經營處理一に社會全體の爲めにせんことを要す。
一、吾人は人類をして博愛の道を盡さしめんが爲めに平和主義を唱道す、故に人種の區別、政體の異同を問はず、世界を擧げて軍備を撤去し、戰爭を禁絕せんことを期す。
一、吾人既に多數人類の完全なる自由、平等、博愛を以て理想とす、故に之を實現するの手段も、亦た國法の許す範圍に於て多數人類の輿論を喚起し、多數人類の一致協同を得るに在らざる可らず、夫の暴力に訴へて快を一時に取るが如きは、吾人絕對に之を非認す。
平民社同人
出現了一篇讓熱血青年荒畑寒村激動不已的「宣言」，
這是秋水和寒村的人生第一次交會。
明治三十六年十一月十五日
星期日
噠噠
噠噠
喀啦

賣光了！
全都賣完了！
咚咚
咚咚
賣得很好！
好啊！
真的嗎？
聽我說，
五千份週刊平民新聞銷售一空，
是個好的開始，
可以靠言論混口飯吃了。
加印吧，
乾脆印個一萬份！
幸德，這太冒險了吧？
我看再兩千份就夠了。
木下尚江
五千份
折衷成三千份。
好！就三千份。

千駄木潮見坂　觀潮樓
鷗外沒有泡澡的習慣，下班返家後，會小睡片刻再擦洗身體，
和茶道禮儀一樣，這個順序從來沒有改變過，
接著他會讀書到天亮，這是每天的例行公事。

1. 賀古鶴所（かこ つるど）：歌人，東京帝國大學醫學部畢業後成為陸軍軍醫，森鷗外的同僚及同窗友人。

光憑俾斯麥禁止社會主義這個理由，
就不准社會民主黨組黨……坦白說，山縣根本不懂什麼是社會主義，
大概連明智光秀2和由井正雪3也分不清吧？
呃……
原敬4那些革新派則認為，社會改革運動對日本而言，並非毫無益處……
奇兵隊的豪傑山縣狂介5也老了啊。
伊藤博文雖然是個無可救藥的色鬼，
腦子還知道要變通。
還有一個叫伊集院影韶的警察官僚，因為日英同盟，要去英國的內務警察局留學，
他在出發前向山縣推薦，說你非常瞭解社會主義。
伊集院……

2. 明智光秀（あけち みつひで）：日本戰國時代的武將，原為織田信長手下的重臣，後策劃「本能寺之變」，以致信長在叛亂中自刃身亡。

3. 由井正雪（ゆい しょうせつ）：江戶時代初期的軍事學家，慶安4（1651）年，曾糾集武士和落魄浪人引起「慶安之亂」，意圖起兵推翻德川幕府，後失敗自殺身亡。

4. 原敬（はら たかし）：出生於岩手郡本宮村（即現在岩手縣盛岡市），政治家，第 19 任日本內閣總理大臣。原敬出身平民並曾擔任記者，報導朝鮮新聞時獲得當時的外務大臣井上馨賞識，被任務為外務省祕書而開啟政界之路，日後成為大阪每日新聞社社長，亦是日本政黨「立憲政友會（政友會）」的創會會員。
5. 山縣有朋的幼名是辰之助，後取名為狂介，少年時加入高杉晉作創設的奇兵隊，明治維新後改名山縣有朋。

林太郎，坦白說……
我認為你不妨跟山縣爵爺多多接觸。
……？
你過去那件事，
異國的「舞姬」事件……
……
我算算……
都已經過了
整整十五年……
……

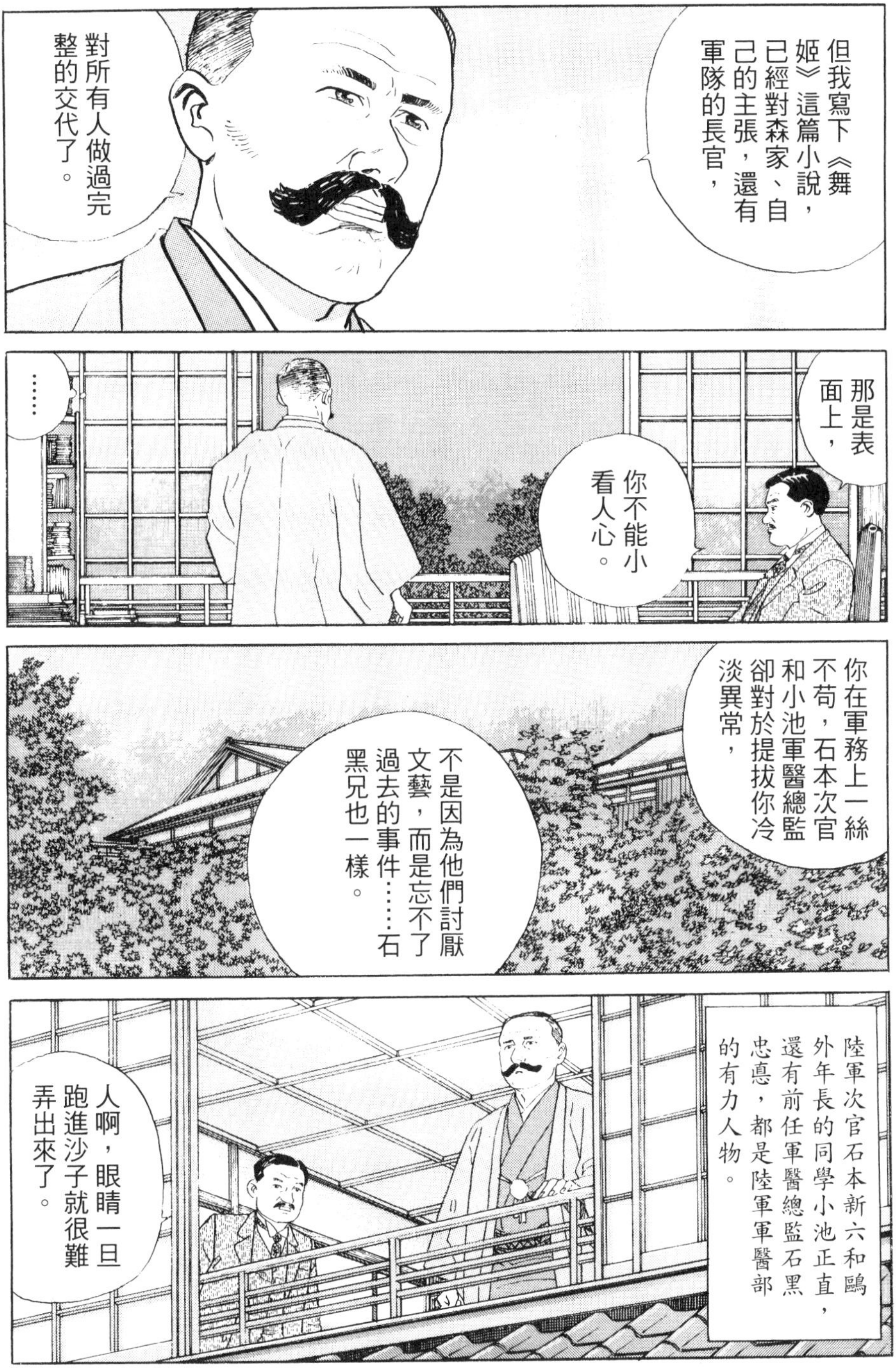
但我寫下《舞姬》這篇小說，已經對森家、自己的主張，還有軍隊的長官，
對所有人做過完整的交代了。
那是表面上，
你不能小看人心。
……
你在軍務上一絲不苟，石本次官和小池軍醫總監卻對於提拔你冷淡異常，
不是因為他們討厭文藝，而是忘不了過去的事件……石黑兄也一樣。
陸軍次官石本新六和鷗外年長的同學小池正直，還有前任軍醫總監石黑忠悳，都是陸軍軍醫部的有力人物。
人啊，眼睛一旦跑進沙子就很難弄出來了。

就算你覺得多慮，我還是要多說幾句，
不如趁現在跟山縣大老靠攏，這樣遲早能當上軍醫總監……
……
你以後想隨心所欲地鑽研文藝，也沒人敢多說一句話，
憑你超人般的自制力，未來在軍務和文學兩個世界都會有所成就的。
轟隆隆隆

對俄國宣戰的詔書在明治三十七年二月十日頒布，黃海海戰揭開了戰爭的序幕……
轟隆
碰
碰

＊社會主義演講會

社會主義演講會
現在日俄兩國政府，
為了實現帝國主義的野心，
點燃熊熊戰火，弄得民不聊生，
然而——
在我們社會主義者眼中，沒有人種的區別、
更沒有國境的區別。
來聽演講會的群眾當中，有幾張令人意外的臉孔。
第一次看到幸德秋水的十七歲少年，
工人荒畑勝三，他身旁碰巧是——
國家社會主義者北一輝6——當年二十一歲。

6. 北一輝（きた いっき）：本名北輝次郎，日本新潟人，思想家、政治哲學家，曾在中國參與辛亥革命，提倡國家社會主義和超國家主義，被政府視為昭和 11（1936）年陸軍二、二六叛亂事件的思想指導者，在事件失敗後被逮捕處以死刑。

俄國平民和我們日本平民乃是同志，
更是兄弟姊妹，所以……
中里介山──當時十九歲，他日後寫出長篇鉅作《大菩薩嶺》，主角机龍之介被評為日本文藝史上最孤獨、最冷酷的角色。
我們完全沒有開戰的理由！
愛國主義和軍國主義才是日俄平民共通的敵人！
竹久夢二──二十歲，《平民新聞》的投稿畫家。
……我所說的內容，
將以「告俄國社會黨書」為題，在我們週刊平民新聞大幅刊載，
還會將全文譯為英文，寄給現在也被捲入戰火的俄國社會黨。

不才秋水幸德還要鼓足正義勇氣，斗膽向馳名世界的人道作家托爾斯泰先生呈上書信，
我認為這場戰爭的發端，絕非如先生所說，是道德淪喪造成的，
日俄兩國的經濟競爭，才是戰爭最大的原因！
說得好！
消滅富國主義！
全民平等，
反對戰爭！
國際社會黨萬歲！
我敢如此反駁托爾斯泰先生！

第五章 寒冷的夏天

平民社——明治三十八年一月
一個怪物在歐洲徘徊……什麼意思？
那是共產主義的怪物
唉……
噗通
全世界的勞工，團結起來吧……是嗎？
我又瘦了，
畢竟老是營養不良，
下痢很嚴重，
花大錢買了條毛皮內褲，結果也沒用！

全世界的勞工……
感覺有點拗口…
Proletariat是……平民，laborer是……勞動……勞工，
翻成勞動者呢？
全世界的勞動者團結起來……
好累啊……
一被查禁，店家就不敢收我們的刊物，
要成立社會主義協會，也禁止結社，
都是山縣、內務省跟檢察官的錯，
沒錢這點更是可惡。
啜飲
想去找女人消除心中煩悶……
喀啦
喀啦
也阮囊羞澀。
穿著毛皮内褲的共產黨員～～
沒錢的話也只是個傻瓜～～

堺，談得怎麼樣？
情況不太妙啊，
我和西川一起去找過律師了……
一審判處罰金，二審卻判刑坐牢，太沒道理了！
那群人不是講道理就能說服的。
上次是你，
這回輪到發行人兼編輯的西川光二郎，還有送印的我……
五個月徒刑實在太長了。
我最近體力衰退，
咳
難不成是肺病？
別詛咒自己，
幸德，你得的是腸胃病吧？
總之盡量避免在嚴寒季節去坐牢，
反正我們要先跟大審院提出上訴，
啜飲
看看還能爭取多少時間……
……咦？

「團結」還是比同盟好吧？
強而有力多了。
什麼？
……「全世界的勞動者團結起來」！
原來是〈共產黨宣言〉的句子，
你真熱心，因為翻譯而入獄，還在繼續修改嗎？
唸起來也順口，
翻譯出來的文章百年後還能在人們口中傳誦，我就死而無憾了。
這話未免太誇張了，
看來改不了壯士就義的心性。
明治三十七年十一月，秋水在週刊《平民新聞》刊登馬克思的〈共產黨宣言〉，後來被轉譯成中文和韓文，成為全亞洲推動社會主義的指導方針，
幸德秋水述
刊登〈共產黨宣言〉的週刊《平民新聞》馬上被查禁，負責人判刑，平民社經營狀況日漸惡化，到了明治三十八年一月二十九日，平民新聞在發行六十四期後宣告停刊。

秋水已經一無所有，
乾脆在停刊號寫了一篇大膽的虛構文章，把上個月發生在聖彼得堡的「血腥星期天」1事件搬到東京上演。
呼
喂——荒畑、
阿勝，你在嗎？
來啦！
寫好的部分，你先幫我謄一下。
好——

1. 血腥星期天，1905 年 1 月 22 日，在喬治・加邦神甫的領導下，三萬多名俄國工人聚集在聖彼得堡冬宮廣場，向沙皇尼古拉二世遞交一份有關改革社會與政治制度的請願書，後來被帝俄軍隊強力驅散，造成一千多人死亡。

「各位讀者，讓我們試想看看，」
「如果把俄國首都比喻為東京，把壯大的冬宮比喻為二重橋內的皇城……」
「先向朝廷呈上創設代議政體的提案，」
「全國瀰漫著改革的希望……」
「一萬五千名勞工好比俄國的加邦神甫，」
「由芝增上寺的住持率領，從坂下門湧向二重橋……」
「群眾高聲呼喊『給我們自由，不然就給我們墳墓』，」
「衝突終於爆發，有六、七千人死傷，」
「竹橋的近衛連隊向皇城內發射『禮炮』，固守於越中島，和勞工們對峙……」
砰咚！
「步兵們卻高喊『我們不願射殺同胞』，拒絕開炮射擊。」

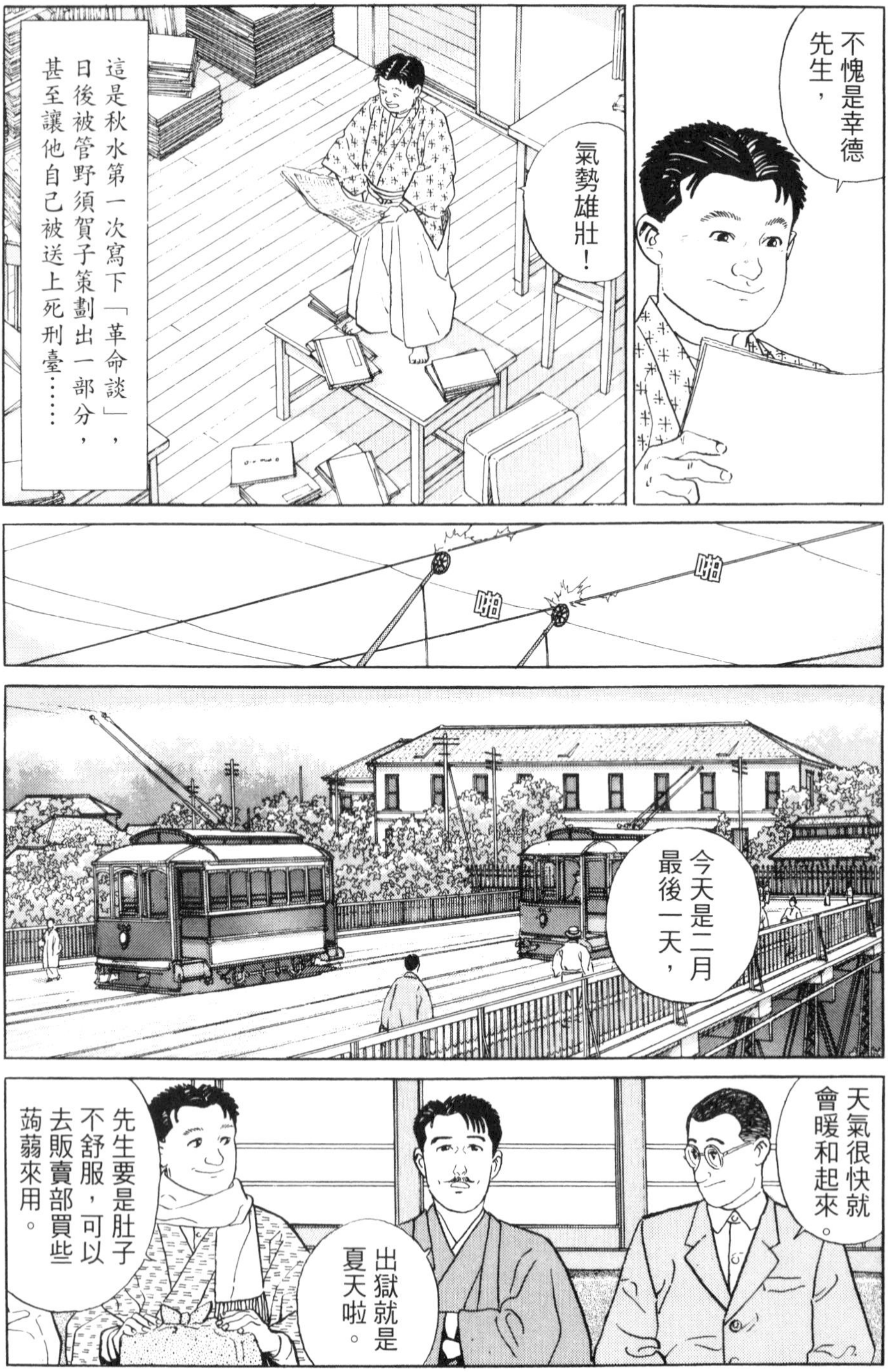
不愧是幸德先生，
氣勢雄壯！
這是秋水第一次寫下「革命談」，日後被管野須賀子策劃出一部分，甚至讓他自己被送上死刑臺……
啪
啪
今天是二月最後一天，
天氣很快就會暖和起來。
出獄就是夏天啦。
先生要是肚子不舒服，可以去販賣部買些蒟蒻來用。

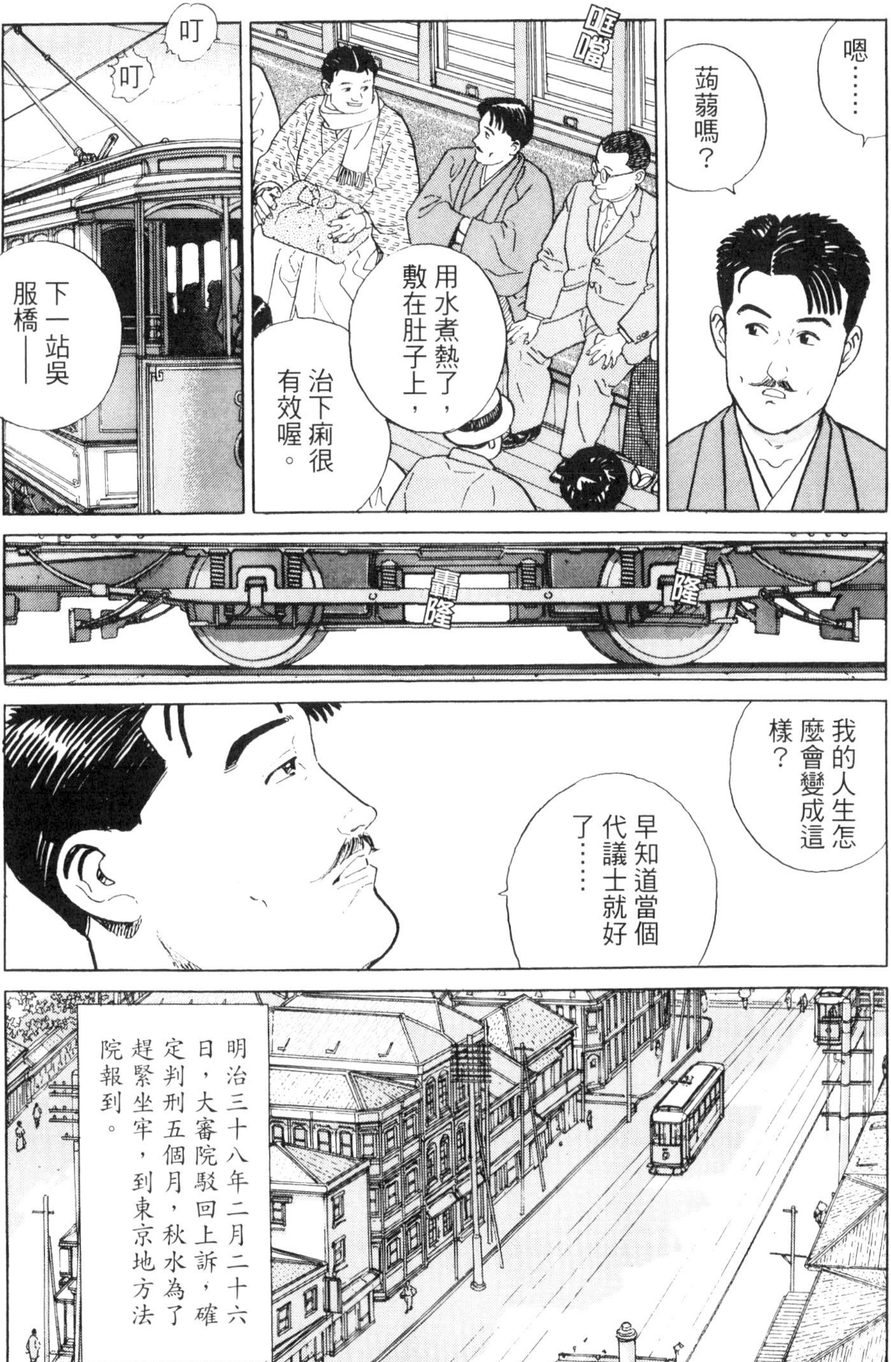
嗯……
蒟蒻嗎？
哐噹
用水煮熱了，敷在肚子上，
治下痢很有效喔。
叮
叮
下一站吳服橋——
轟隆
轟隆
我的人生怎麼會變成這樣？
早知道當個代議士就好了……
明治三十八年二月二十六日，大審院駁回上訴，確定判刑五個月，秋水為了趕緊坐牢，到東京地方法院報到。

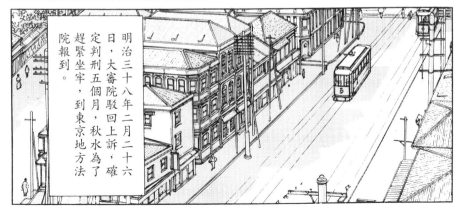

真是讓人嘆息，
這是為了社會、為了世人啊！
世人……
真的會這麼想嗎？
轟隆
轟隆
只能抱著不得已而為之的心情，虛心等待歷史的評價……除此之外別無他法了，
百年之後，歷史說不定會嘲笑我們呢。
不會有這種事的，
時代總有一天會輪到平民作主……
哐噹
哐噹
……荒畑，會不會那樣，現在說還嫌太早啊。

叮！
日比谷──
哐噹
這是宿命，我不是求回報才來做這行的。
一切拜託了，堺兄。
好。
日比谷──
有沒有旅客要轉搭往淀橋方向的電車？
幸德先生，您多保重……
明治三十八年五月二十八日

喂——
喂——內田，你在家嗎？
長谷川先生來了？
這時間過來，有什麼急事？
不是的……
其實我是從報社趕來的。
啊？
打、打勝仗啦！
什麼勝仗？
明治三十八年五月二十八日傍晚，二葉亭四迷從京橋瀧山町的東京朝日新聞社跳上人力車，趕到牛込砂土原町的內田魯庵自宅。
喀啦
咱們在對馬海峽東水道，
打贏波羅的海艦隊啦！

打勝了？
太好啦！
我方幾乎沒有任何損傷呢。
實在是可喜可賀。
軍令部還沒發布這個捷報，
報紙的號外版明天才會刊出，
我只是想先告訴你……
好久沒看到長谷川兄這麼高興了，
都要感謝東鄉大將軍！
好像有幾艘敵艦逃走了，要是溜進浦鹽就麻煩了，
我這就回報社等後續消息。
……
長谷川兄真是個怪人……
喀啦
喀啦
這也是處於新舊兩個時代產生的矛盾吧？

秋水在獄中得知日本海海戰的捷報，明治三十八年七月底的盛夏之際，他從巢鴨監獄出獄了，
入獄前四十三公斤的體重，過了一個月餘就瘦到三十八公斤。

失火啦！
日比谷的十字路口！
是電車，
電車被人放火啦！
明治三十八年九月五日，日俄和談後簽訂《朴資茅斯條約》，戰爭就此劃上了句點……

轟隆
轟隆
轟隆
儘管付出了莫大的犧牲，日本卻無法從俄國獲得賠償金，還得割讓原本被視為日本領土的南樺太島，這樣的結果引起國民強烈的不滿。
除了召開反對講和、繼續戰爭的集會，電車和主張談和的報社都被群眾放火燒毀。

時代變了啊。
嗯，時代變了，
將國權的擴張誤解為個人幸福也會隨之擴大，這樣的時代結束了。
今後就是國家和個人敵對的時代，
更是國家和社會主義者激烈對立的時代。

又被查禁了。
社會主義分子沒有容身之處啦！
日比谷暴動後發布了戒嚴令，
這是明治二十年驅逐土佐人以來最大規模的鎮壓。
幸德兄……
你的臉色好難看。
坦白說…
我對社會主義不抱大太指望了。
西川光二郎
……
……
木下尚江
經過日比谷暴動，我總算意識到平民的力量了，
雖然是毫無秩序的粗暴蠻力，
但我理解到，日本不適合提倡與天皇共存的議會制平民主義，也不適合知識分子領導的社會主義。

……你的理想是無政府嗎？
石川三四郎
不，這太亂來了，這哪是什麼理想，根本是虛無論。
山川均
我們又不是俄國的社會革命黨。
先別急，
今天，明治三十八年十月九日是個永遠值得紀念的日子，
日本的反政府運動家，
從今天開始要分道揚鑣了。
……
……
時候到了，
就此解散平民社吧！
咚！

堺兄，太遺憾了，
財務雖然困難，
和同伴們離別才讓人依依不捨。
幸德先生今後有什麼打算？
打算去美國闖蕩闖蕩，日本太難混了……
荒畑你呢？
我啊……
寒村要去南紀田邊，
《牟婁新報》拜託我介紹新記者。
田邊那地方，
和大石誠之助醫師住的新宮很近呢。
秋水變得愈來愈孤立了。

第六章

清涼的泥濘——青年寒村

明治卅六年十一月十五日　（毎週日曜）　平民新聞

平民新聞

宣言

一、自由、平等、博愛は人生世に在る所以の三大要義也。

一、吾人は人類の自由を完からしめんが爲めに平民主義を奉持す、故に門閥の高下、財產の多寡、男女の差別より生ずる階級を打破し、一切の壓制束縛を除去せんことを欲す。

一、吾人は人類をして平等の福利を享けしめんが爲めに社會主義を主張す、故に社會をして生產、分配、交通の機關を共有せしめ、其の經營處理一に社會全體の爲めにせんことを要す。

一、吾人は人類をして博愛の道を盡さしめんが爲めに平和主義を唱道す、故に人種の區別、政體の異同を問はず、世界を擧げて軍備を撤去し、戰……を期す。

發刊の序

平民新聞は、人類同胞をして、他日平民主義、社會主義、平和主義の理想境に到達せしむるの一機關に供せんが爲めに創刊す、……

來穿插一段這位青年和一名女子的故事吧。先從荒畑寒村說起——
寒村小學高等科畢業後，就在橫濱的外事商館當月薪五圓的跑腿小弟，
因此接觸到基督教，他在明治三十六年三月八日信教，由詹姆士·巴拉施洗，
幾天後來到東京，他到預備役上尉郡司成忠組織的「報效義會」敲門。
請開門！

有何貴事？
我來拜見郡司先生！
哇哈哈哈哈，
有這種志氣還真是了不起。
您願意讓我參加北千島的殖民行動了？
你為什麼會想去北千島？
我認為自己很適合邊疆，每次想到北極圈的暴風雪就會熱血沸騰。
哈哈哈，
會裡可是人才濟濟，像是剛才幫你開門的白瀨，就是想從北極點環繞世界一周，為了事前特訓來加入殖民隊的……
你很有志氣。

1. 幸田露伴（こうだ ろはん）：本名幸田成行，日本知名小說家，代表作有《五重塔》和《命運》等。

咻！
碰！
轟隆隆隆
明治三十六年四月，寒村來到橫須賀海軍工廠擔任船工，日薪二十五錢。
哇哇
哇哇哇
哇哇

明治三十六年十一月十五日
你看看我這雙腳，
怎麼腫成這樣？
該不會得了腳氣病？
小老弟，
沒多久就要打仗了。
是嗎？
宣言
一、自由、平等、博愛は人生世に在る所以の三大要義也。
一、吾人は人類の自由を完からしめんが為めに平民主義を奉持す、故に門閥の高下、財産の多寡、男女の差別より生ずる階級を打破し、一切の壓制束縛を除去せんことを欲す。
一、吾人は人類をして平等の福利
んが為めに社會主義を
して生産、分配
嚼
嚼。
他無意間在包便當的報紙上讀到「自由、平等、博愛乃是人生在世的三大要義。」
咱們木工部還真難熬，
已經連續七晚通宵趕工啦！

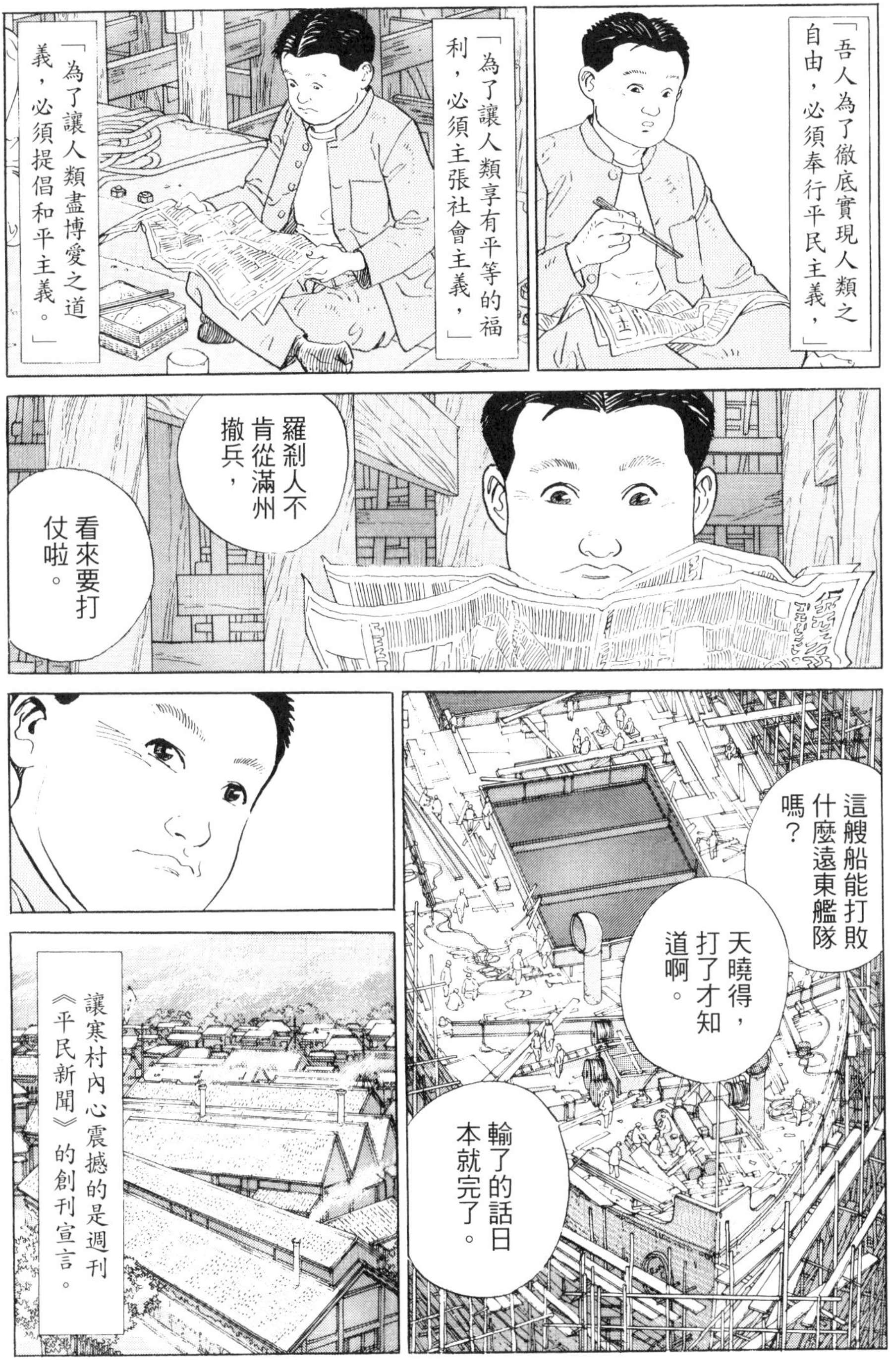
「吾人為了徹底實現人類之自由，必須奉行平民主義，」
「為了讓人類享有平等的福利，必須主張社會主義，」
「為了讓人類盡博愛之道義，必須提倡和平主義。」
羅刹人不肯從滿州撤兵，
看來要打仗啦。
這艘船能打敗什麼遠東艦隊嗎？
天曉得，打了才知道啊。
輸了的話日本就完了。
讓寒村內心震撼的是週刊《平民新聞》的創刊宣言。

哐噹
哐噹
明治三十六年十月，日俄開戰的時機已經成熟，幸德秋水和堺利彥等少數派高唱反戰論，離開轉向主戰論的《萬朝報》，在隔年十一月創設週刊《平民新聞》。
十六歲的寒村，心中防衛北方領土的熱情，已經轉為支持平民主義、社會主義及和平主義了。

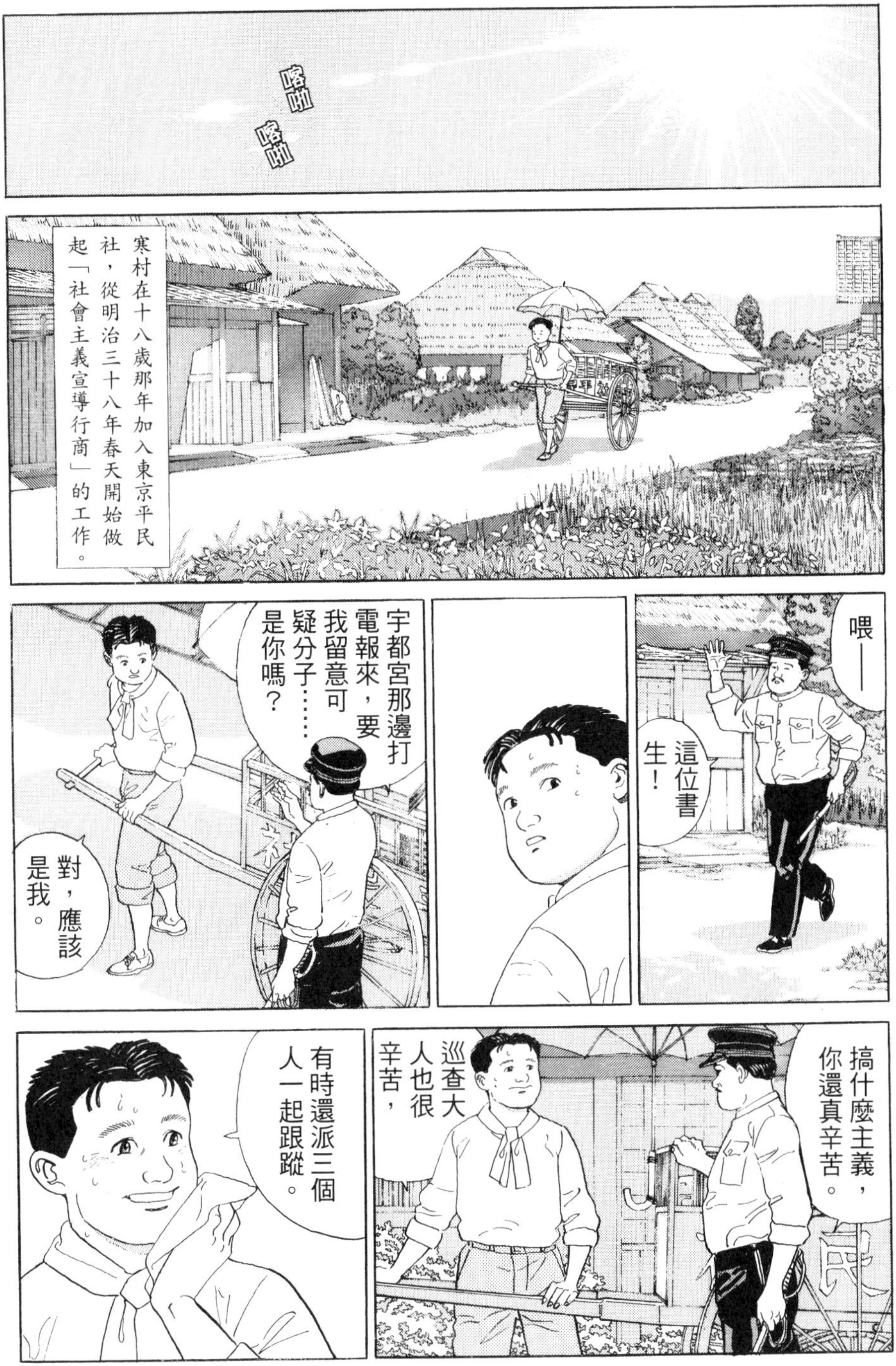
喀啦
喀啦
寒村在十八歲那年加入東京平民社，從明治三十八年春天開始做起「社會主義宣導行商」的工作。
喂——
這位書生！
宇都宮那邊打電報來，要我留意可疑分子……是你嗎？
對，應該是我。
搞什麼主義，你還真辛苦。
巡查大人也很辛苦，
有時還派三個人一起跟蹤。

那些講主義的書……賣得好嗎？
一星期可以賣個二十本吧。
馬馬虎虎的，不成氣候嘛。
一本要賣多少錢？
木下先生的書比較貴，一本要三十五錢，《社會主義入門》很便宜，只要十錢。
這本《百年後的新社會》，只要五錢喔！
您要不要買一本？
那我就挑這一本吧，
木下先生的……
木下尚江著
火の柱
太感謝了。
可以讓你多吃一碗飯了。
是啊，
我要添飯——

咕
咕
咕
荒畑看到各地農村的模樣了吧？
都市變得便利，鄉村卻比維新前還要糟。
差距愈來愈大了……
大日本帝國的農村如今成了這副慘狀，這還算是近代國家嗎？
……
農村被遺忘了，
日本再這樣下去會滅亡的。
荒畑在足尾村遇到田中正造，聽到他沉痛的悲嘆。

明治三十八年秋天，寒村在平民社解散後離開東京，來到田邊。
平民新聞
他在這個昏昏欲睡的地方，昏昏欲睡的報社裡開始記者生活。
荒畑！
荒畑，快起來啊！
嗯？
有客人，
新宮的大石醫生來了。
咦？
啊……
站起
您好……

大石誠之助住在新宮町，年輕時曾在國外流浪，是個視野開闊的社會主義者，行醫時不收窮人醫藥費，他在紀州本地很出名。
田邊……
這份工作對你來說可能是屈就了。
哪裡，
您別這麼說。
我每次來，都看到你在打瞌睡。
啜飲
因為
這裡氣候太暖和了……
溫暖的紀州也有社會問題。
您的意思是？
那個公娼館設立許可的案子……
其實娼館預定地的地主，老早就跟縣知事暗中談好土地的收購價。
真的嗎？
這是同意書的副本。

……
新宮的事，本來應該在新宮解決才對，
可悲的是，我們那裡沒有荒畑這樣的熱血青年記者。
我會報導的！
不寫出來，就對不起社會主義者荒畑寒村的名號了。
嘟嘟——
正巧管野須賀子橫越紀伊水道的風浪，這時也來到了田邊。

第七章

寂寞如火的女人——須賀子

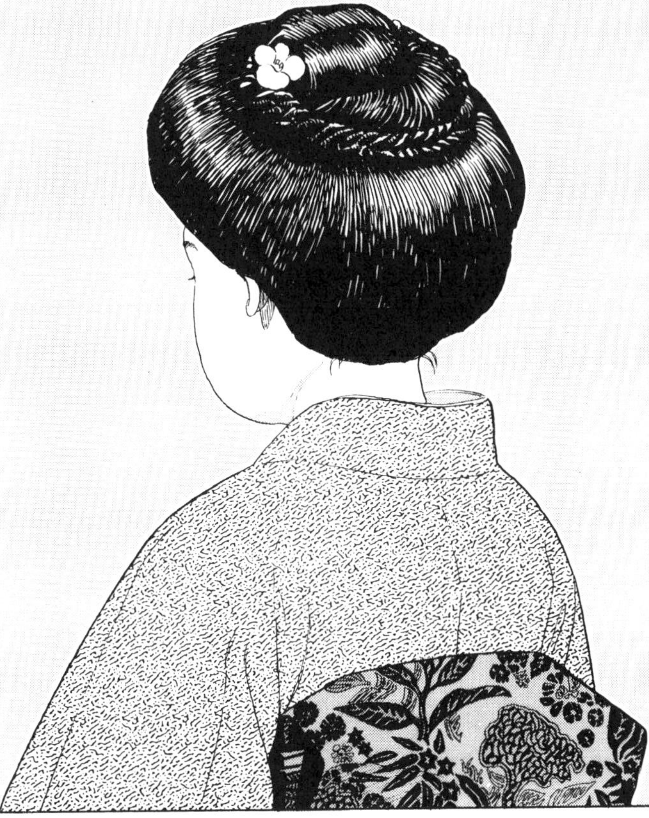

對管野須賀子這個女人來說，幼年時代已經伴隨著淡淡的幸福感，在遙遠的煙塵中消逝了。
她生於明治十四年，父親是礦山工程師，少女時期家裡相當富裕。

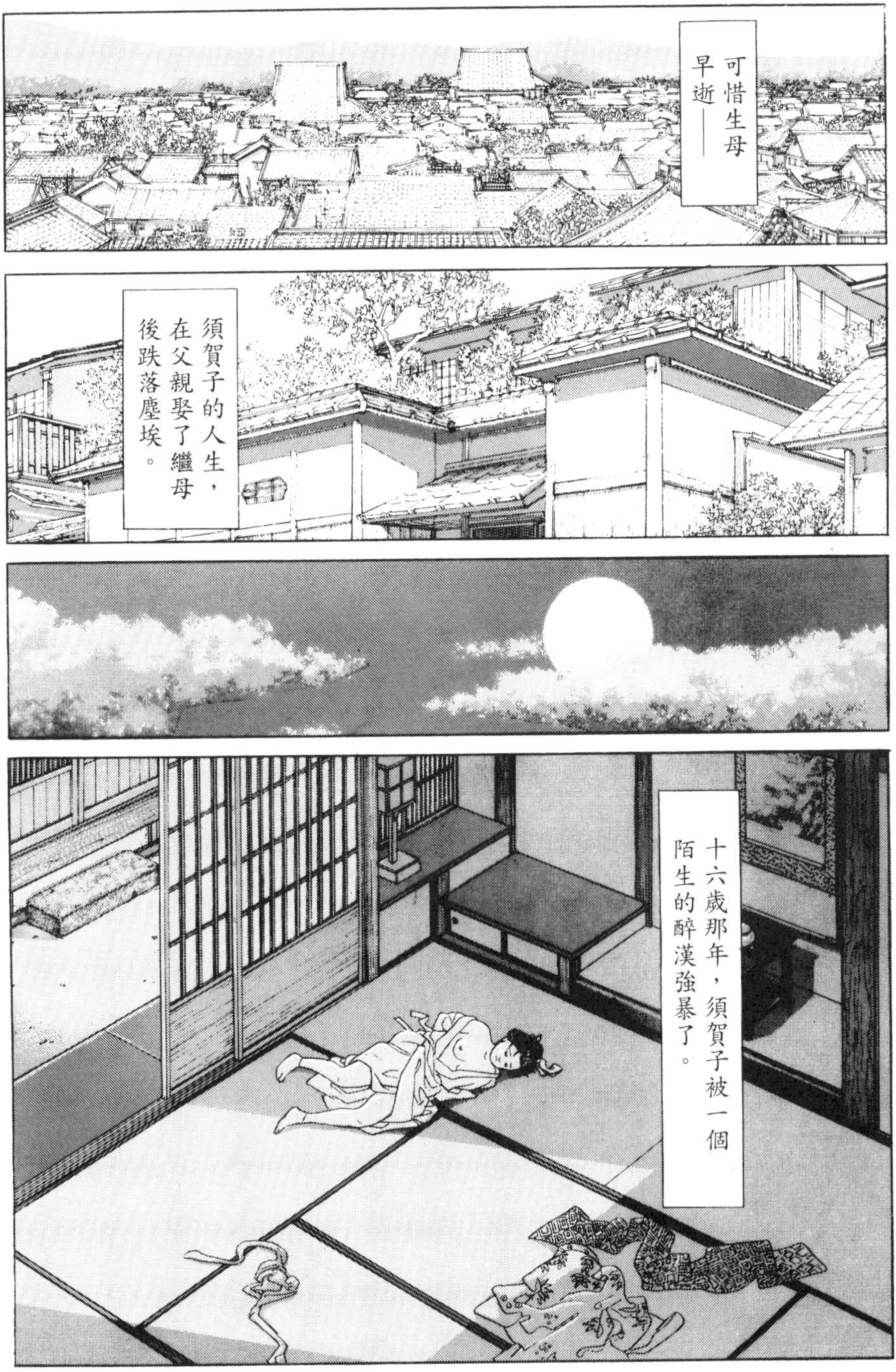
可惜生母
早逝——
須賀子的人生，
在父親娶了繼母
後跌落塵埃。
十六歲那年，須賀子被一個
陌生的醉漢強暴了。

繼母並沒有安慰須賀子。
是妳先勾引人家的吧？
我哪有……
明明流著淫蕩的血液，
不然對方怎麼有機可乘？
生得一張富態的大圓臉，性需求卻勝過正常女人好幾倍？

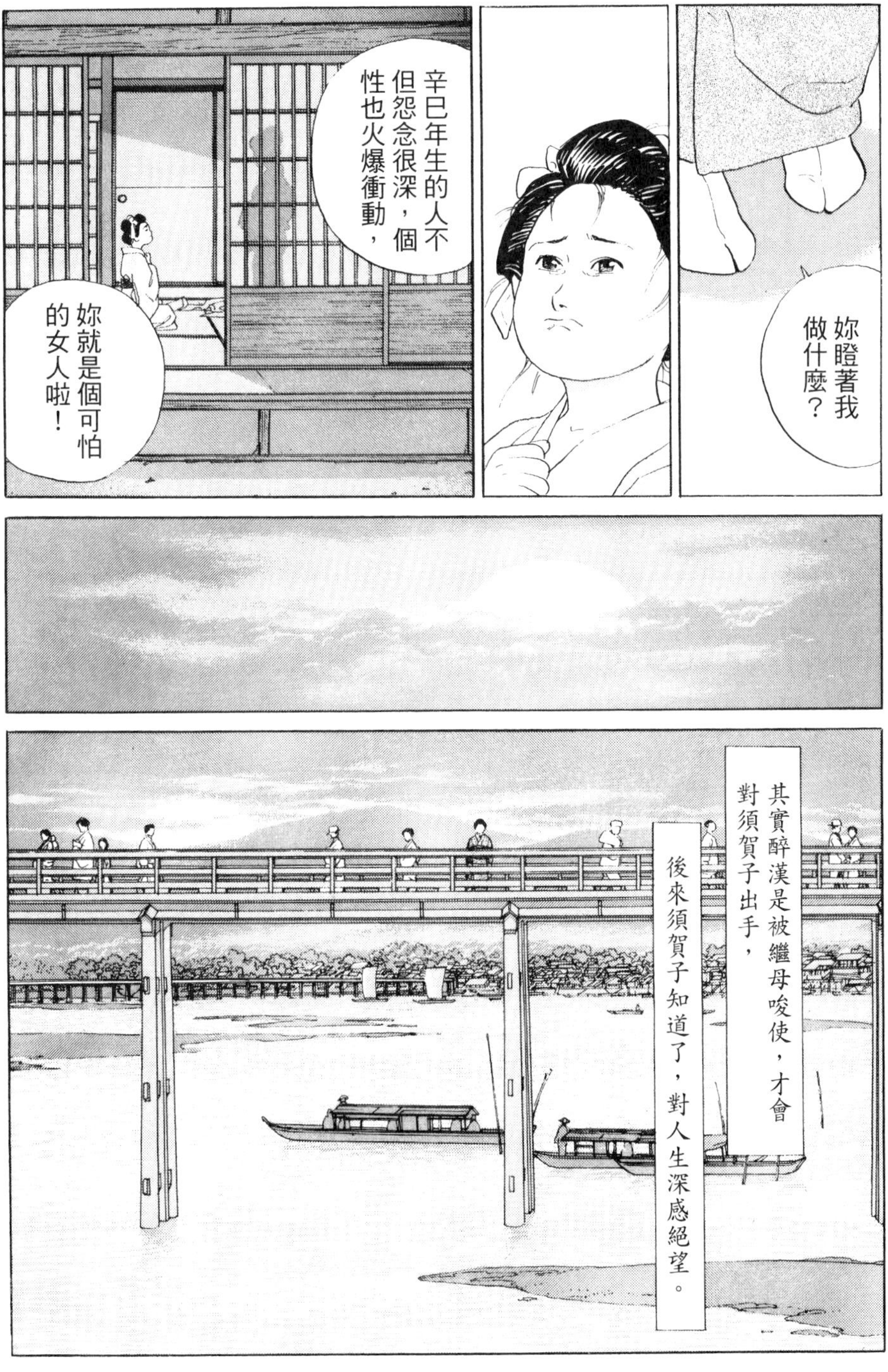
妳瞪著我做什麼？
辛巳年生的人不但怨念很深，個性也火爆衝動，
妳就是個可怕的女人啦！
其實醉漢是被繼母唆使，才會對須賀子出手，
後來須賀子知道了，對人生深感絕望。

父親事業失敗，中風病倒了。
她在十七歲那年被嫁到東京下町的商家去，
結婚並非出於自願，但她覺得這總比留在繼母身邊好。
沒想到有點弱智的丈夫，竟然和婆婆有不正常的關係。

於是須賀子逃到大阪。
她只有小學高等科的學歷，卻立志以寫文章謀生，拜大阪文壇巨擘宇田川文海為師，成為他的關門弟子。
所謂的弟子，其實和情婦沒兩樣。

1. 彥根屏風：江戶初期繪製的紙質屏風畫，描繪京都六條町風月場所的歌舞伎和娼妓，1955 年被指定為日本國寶。

那邊的姑娘，
妳等等，來一下！
＊鐵口直斷
妳的男人運不壞，
可惜……命裡沒孩子。
運氣不壞，但也稱不上好，
妳的命簡直超過了好和壞。

姑娘這輩子恐怕是高潮起伏啊，
是千中選一，不、萬中選一吧？
該怎麼解釋呢？唉，妳一生下來，命格就像流星一般啊，
在天空中的軌道，想改都改不了。

所謂長得像「彦根屏風之女」，指的就是有如娼婦一般。
須賀子在大他三十五歲的文海身邊度過兩年，後來在京都當上新聞記者。
我們再去喝一攤吧？
已經喝很多了。
有什麼關係？我們好久沒見了。
……嗯，很久沒見到你了。

做什麼……？
來嘛。
你要幹嘛……
好啦，過來嘛，可以吧？
不要亂來。
翻倒！
我實在忍不住啦！
大哥，你別這樣……
咕咚

須賀子同父異母的哥哥對家裡不滿，很早就出來自力更生。
他在立命館[2]當職員，兄妹二人現在在京都重逢了……
這人敵不過須賀子奇異的魅力，拜倒在石榴裙下。

2. 立命館（りつめいかん）：中川小十郎所創設的京都法政學校，明治 38 年沿用西園寺公望的私塾「立命館」名稱，改制為包含私立中學及高中的財團法人。

在明治三十三年，須賀子開始和東京的堺利彥通信，
她發現自己被陌生男子趁機強暴是繼母的計策，痛苦到想要尋死，於是把心情寫下來，投稿到東京《萬朝報》的人生諮詢專欄。
嘟
負責專欄的堺利彥回覆：「過去種種，好比被路邊的瘋狗咬到一樣，還是都忘了吧！」
乾脆而灑脫的語氣為須賀子帶來生存的勇氣，一有機會她就會寫信請教堺利彥，思想漸漸傾向於社會主義，
所謂超出了好與壞的男人運——

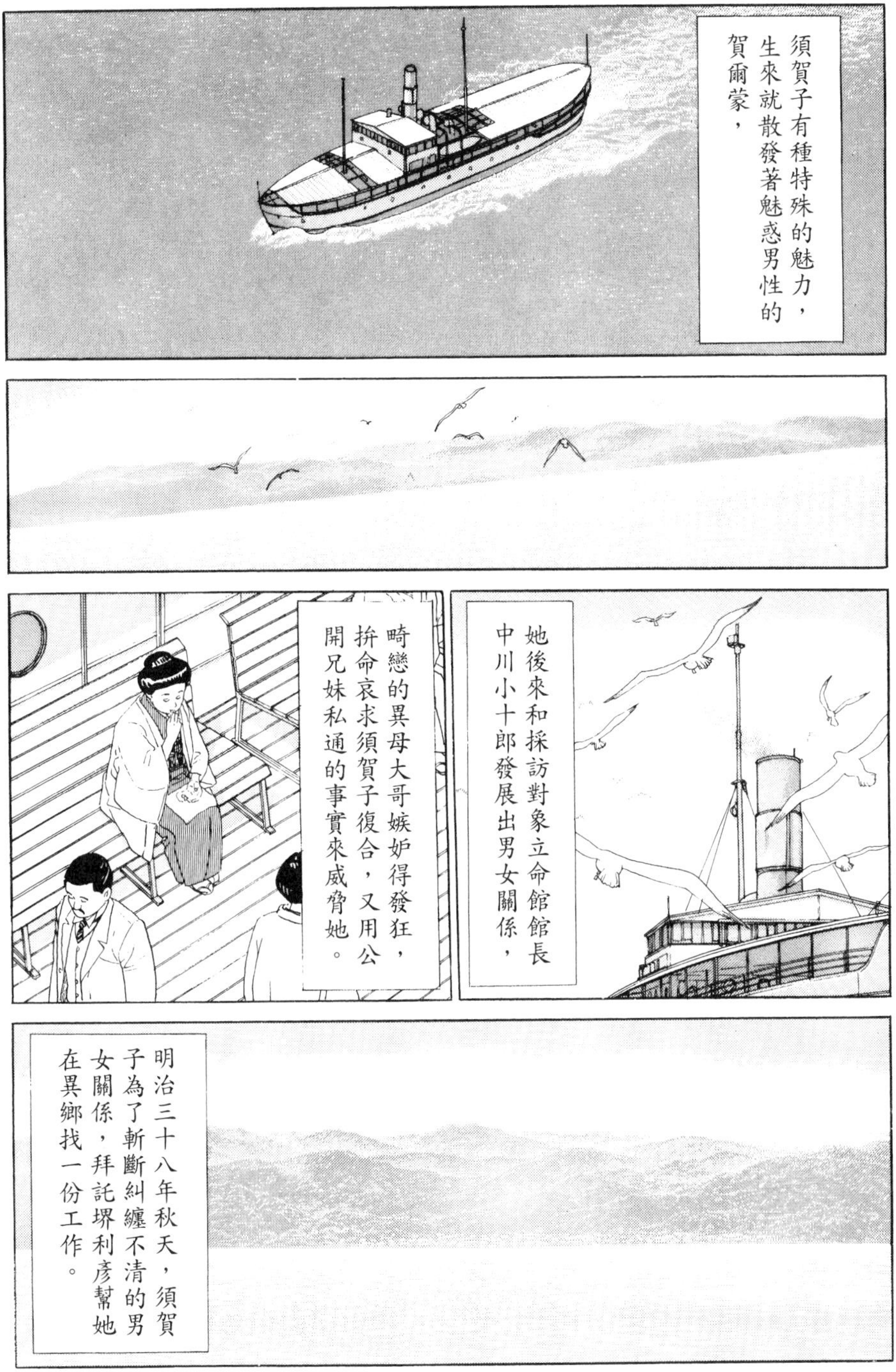
須賀子有種特殊的魅力，生來就散發著魅惑男性的賀爾蒙，
她後來和採訪對象立命館館長中川小十郎發展出男女關係，
畸戀的異母大哥嫉妒得發狂，拚命哀求須賀子復合，又用公開兄妹私通的事實來威脅她。
明治三十八年秋天，須賀子為了斬斷糾纏不清的男女關係，拜託堺利彥幫她在異鄉找一份工作。

堺利彥介紹她到紀州田邊的小報社《牟婁新報》上班。
《牟婁新報》的社長毛利柴庵馬上來拜訪她，先前因為報導縣政弊案，毛利被判了侮辱官吏罪，必須坐牢四十五天，他熱情地說，須賀子來代班一段時間也無所謂。
噹
噹
噹
毛利柴庵
妳總算來了。
須賀子後來也和這個人發生關係。

天氣很冷吧，
妳沒有暈船吧？
還好。
妳好厲害！
我是去年十月從名古屋的熱田坐船過來的，差點沒死在半路上，
中途到了可以看到那智瀑布的地方，我還哭著拜託他們放我下船，沒想到那裡沒有鐵路，也沒有馬車可以坐，
聽說還有熊出沒呢！
是嗎？
如妳所見，小鎮上什麼都沒有，
不過鍋燒烏龍麵挺好吃的。
我來幫妳拿行李吧。
謝謝。

寂寞如火的女子管野須賀子在不到三十年的短短人生中，和兩個男人命運般地相遇了，她令人難以抗拒、不可思議的魅力左右了這兩人一生，
其中一位是荒畑寒村，另一位則是幸德秋水。
到了！就在那裡。
咕嘔—

3. 南方熊楠（みなかた くまぐす）：出身於和歌山的博物學家、生物學者，當時也住在紀州田邊，據說體質特異，可以隨意地反芻，吐出胃裡的消化物。

牟婁新報社
牟婁新報社
請進！
明治三十九年一月，二十五歲的須賀子和十九歲的寒村其實只在紀州田邊相處了短短四個月。

入獄服刑的老闆毛利柴庵交代須賀子替他盯緊荒畑寒村，別讓年輕氣盛的他下筆太過火了………
喀噠
啊……

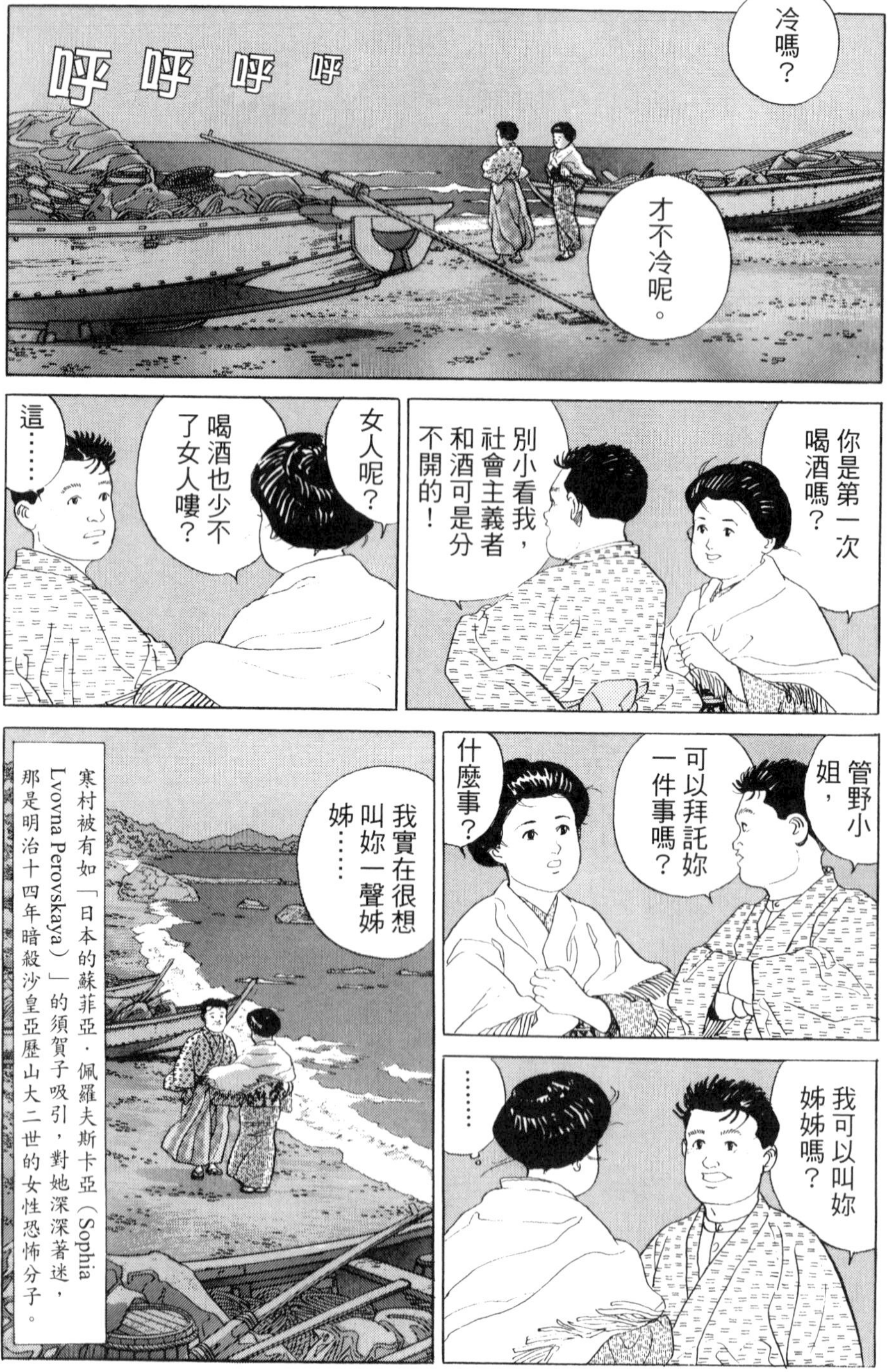
呼呼呼呼
冷嗎？
才不冷呢。
你是第一次喝酒嗎？
別小看我，社會主義者和酒可是分不開的！
女人呢？
喝酒也少不了女人嘍？
這……
管野小姐，
可以拜託妳一件事嗎？
什麼事？
我實在很想叫妳一聲姊姊……
寒村被有如「日本的蘇菲亞・佩羅夫斯卡亞（Sophia Lvovna Perovskaya）」的須賀子吸引，對她深深著迷，那是明治十四年暗殺沙皇亞歷山大二世的女性恐怖分子。
我可以叫妳姊姊嗎？
……

明治三十九年四月，寒村回到東京。
許多同志在那年三月因為反對電車漲價而被當局逮捕，人手不足的堺利彥把他找回來了。
賺錢跟不上變窮的腳步～～
世上根本沒神佛啊～～
堺兄，他唱得真好。
不賴吧？
他叫添田亞蟬坊，以前唱過〈書生節〉。[4]
啊，是以前橫濱的……
他突然跑來找我，拜託我讓他唱社會黨的〈喇叭節〉。[5]
華族富豪大地主，
搶走咱們賺的錢～～
聽起來很痛快吧？
是啊。

4. 書生節（しょせいぶし）是明治初年街頭年輕人傳唱的流行歌，反應社會現實，歌詞不定，開頭都是「書生、書生你別小看他，大臣和參議也都是書生」。
5. 明治 39（1906）年，巡迴賣唱的演歌師添田亞蟬坊為日本社會黨創作了一系列反應貧富差距的宣傳歌曲，隨即被政府查禁。

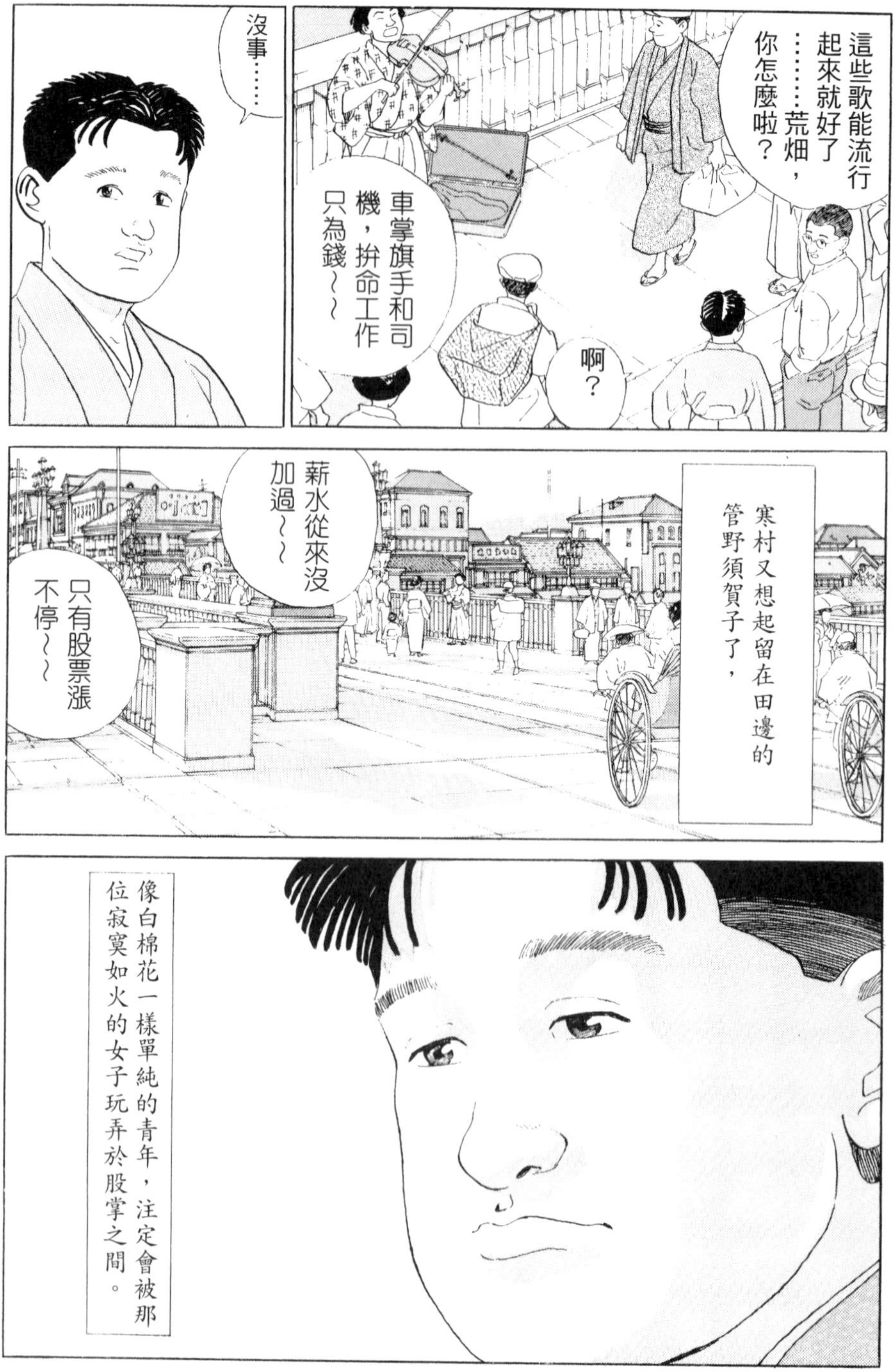
這些歌能流行起來就好了……荒畑，你怎麼啦？
車掌旗手和司機，拚命工作只為錢～～
啊？
沒事……
寒村又想起留在田邊的管野須賀子了，
薪水從來沒加過～～
只有股票漲不停～～
像白棉花一樣單純的青年，注定會被那位寂寞如火的女子玩弄於股掌之間。

第八章 無政府共產

寒村和須賀子在田邊時，幸德秋水人在美國西海岸，明治三十八年十二月五日，他來到舊金山。
喀
喀

喔，真是豐盛的大餐！
還有豆子呢。
是紀念日嗎？
血腥星期天的一週年紀念。
啊，聖彼得堡的……
但應該是二月五日吧？
不是今天……
俄國曆法的二月五日，
是美國的一月二十一日，
就算被逐出國家，俄羅斯人也不會忘記祖國。

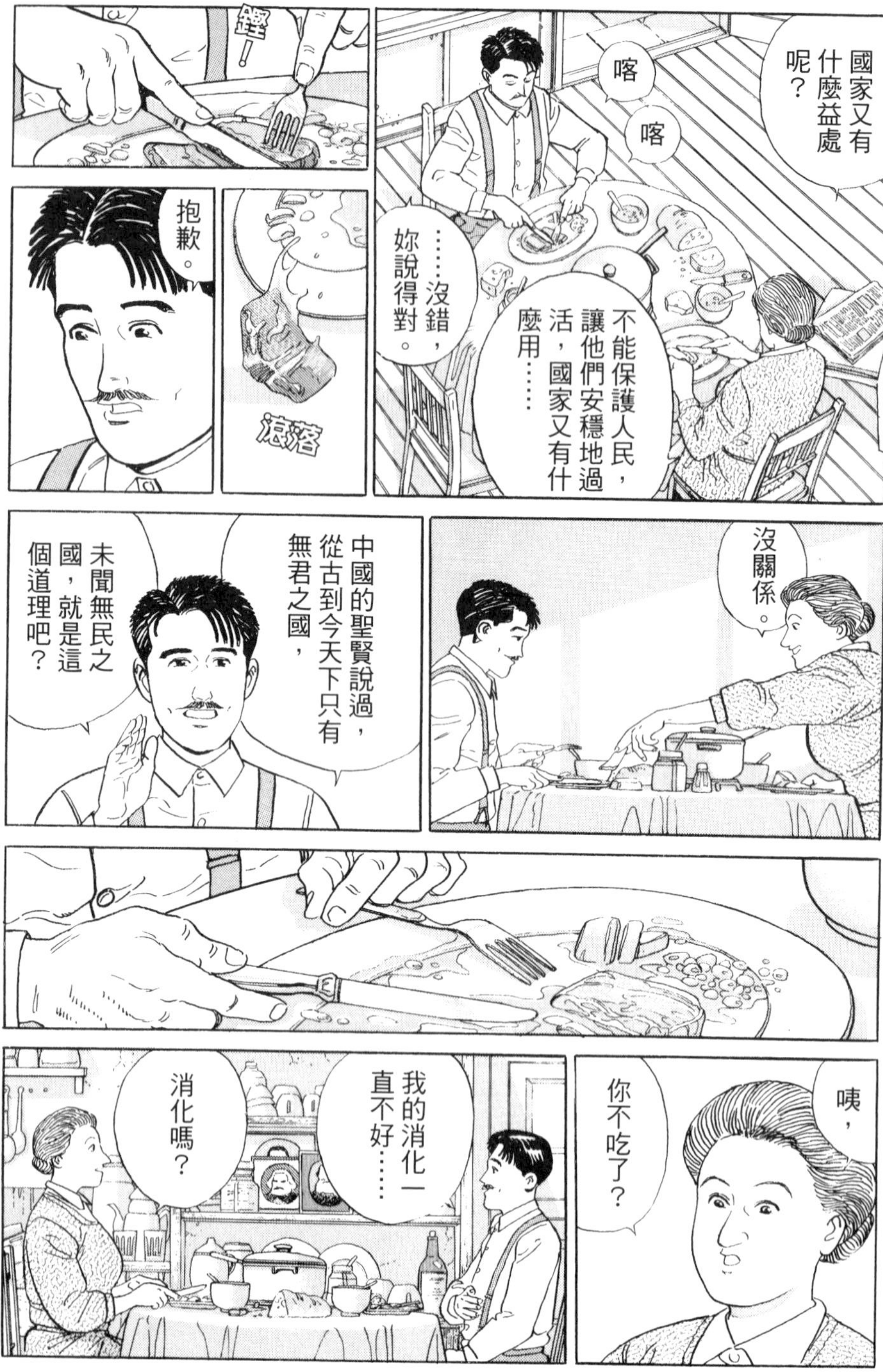
國家又有什麼益處呢？
喀
喀
不能保護人民，讓他們安穩地過活，國家又有什麼用……
……沒錯，妳說得對。
鏗！
滾落
抱歉。
沒關係。
中國的聖賢說過，從古到今天下只有無君之國，
未聞無民之國，就是這個道理吧？
咦，你不吃了？
我的消化一直不好……
消化嗎？

胃下面的管子。
喔，腸子。
我都穿毛皮內褲來保暖……肚子是不能受涼的。
哈哈
那別吃了，喝點餐後酒吧！
我叫住在後面的鍋爐工過來。
秋水在船上認識了鍋爐工艾伯特・強森，他介紹秋水寄居在亡命的俄國無政府主義者福麗琪小姐家中。
不對、不對，
普選制度完全沒用，
為什麼呢？
傳次郎你不明白，當權者有多麼惡毒而周密。

意思是，
像俄國或日本這樣的體制，
就算實施普選，也只能反應出中等地主以上的階級意見，
妳想表達的是這意思吧？
你說對了，
現在是直接行動的時刻！
直接行動？
暗殺統治者……
福麗琪小姐想說的是這個吧？
沒錯，
放一次炸彈比一百次選舉還有效。
我不這麼認為，
直接行動充其量只是個人突出的行為，
真正有效的，
是統治者最害怕的人民全體罷工。
對東方的小小無政府主義者傳次郎來說，
全體大罷工很美好嗎？
這只能針對勞工很多的國家，英國可能有效，美國可能有效……
我認為，對現在的俄國和日本來說，唯一有用的手段只剩下暗殺。
暗殺嗎……

同一時間，在赤坂溜池
這次西園寺內閣成立，
原敬大臣總算能毫無遺憾地發揮您的政治手腕了……
可沒那麼簡單啊，伊集院。

不跟藩閥掛勾，政權怎麼可能安定？
桂太郎背後椿山莊那位老頭，他可不會善罷甘休。
內務大臣　原敬
考察過英國，山縣大老厭惡政黨的毛病或許會好轉吧？
你和山縣侯爵走得很近嘛？
要是得罪了長州派閥的領袖，
我這個薩摩人就無法在公家機關任職。
待在警界自我滿足也就罷了。
想到國家未來五十年的前途……
所以只能兩面討好了？
不肖伊集院，
為了避開將來和美國的決戰，可以忍受一切辱罵。
抱歉、抱歉，
但是對美國開戰未免太誇張了吧？
日俄戰爭能打贏，
不是多虧有美國私下提供許多援助嗎？

滯留美國的幸德秋水寫了封信給堺利彥。
喔？
依據幸德的說法，美國的大量生產方式極為可怕，很快就連日本和歐洲的
通路都不夠應付，
還得繼續拓展中國的廣大市場，這麼一來……
就像食慾異常的巨象，美國不出三、四十年，就會跟一隻敏捷的狗兒爭奪太平洋的霸權。
日本是狗嗎？
動作再怎麼敏捷，也沒有勝算。
這一、兩年美國西岸城市迅速出現排斥日本人的風潮，就是個開端。
現在敵人不再是俄國了。
敵人也不是美國啊，大臣……
而是所有的白人國家。
唔……

說到底，白人世界極為厭惡東方人出頭，
東方人的國家一旦揚眉吐氣，
即使兄弟鬩牆，還是會共禦外侮，白人一定會放下所有內鬥不合，合力打擊我們。
飛馳的馬車，
穿過寒冬的赤坂山王地區，橫越了弁慶橋。
你的意見竟然和幸德一樣，太有意思了。
我們都理解外國，
兩人認知相同，可惜所處的立場不同。
你怎麼曉得幸德來信的內容？

社會主義分子內部有不少我們的手下。
不愧是日本的富歇1，大家都說你繼承了川路利良2的衣缽。
答答
答答
對了，伊集院……
我決定受理日本社會黨的組黨申請，
……
社會黨早日脫離知識分子為主的革命黨色彩，
成為能替下層農民勞工說話的社會民主黨，是我個人的私心期待……
接下來的一百年，這個國家不能再引爆革命，
必須徹底實行社會改革才行。

1. 約瑟夫・富歇（Julien Joseph Fouché）：法國政治家和拿破崙一世時期的警政部長，建立祕密警察並打壓革命分子，成為近代警察制度的先驅。
2. 川路利良（かわじ としよし）：出身於薩摩藩（鹿兒島縣），赴歐洲考察後引進新式的警察制度，是日本近代警察制度的奠基者，幕末到明治時代初期的警察總長，官拜陸軍少將。

咦？
已經到了這裡……
紀尾井坂到了。
大久保內務卿遇刺，是在西鄉隆盛自刃的隔年吧……
都二十八年啦……
他在這裡被石川出身的士族殺害。
民族國家，這是我國歷史上絕無僅有的虛構的壯大理念……
啊？
這個值得信任的虛構理念在設計到一半時夭折了，
實在令人遺憾。
十五年後，原敬本人在東京車站前遇刺身亡。

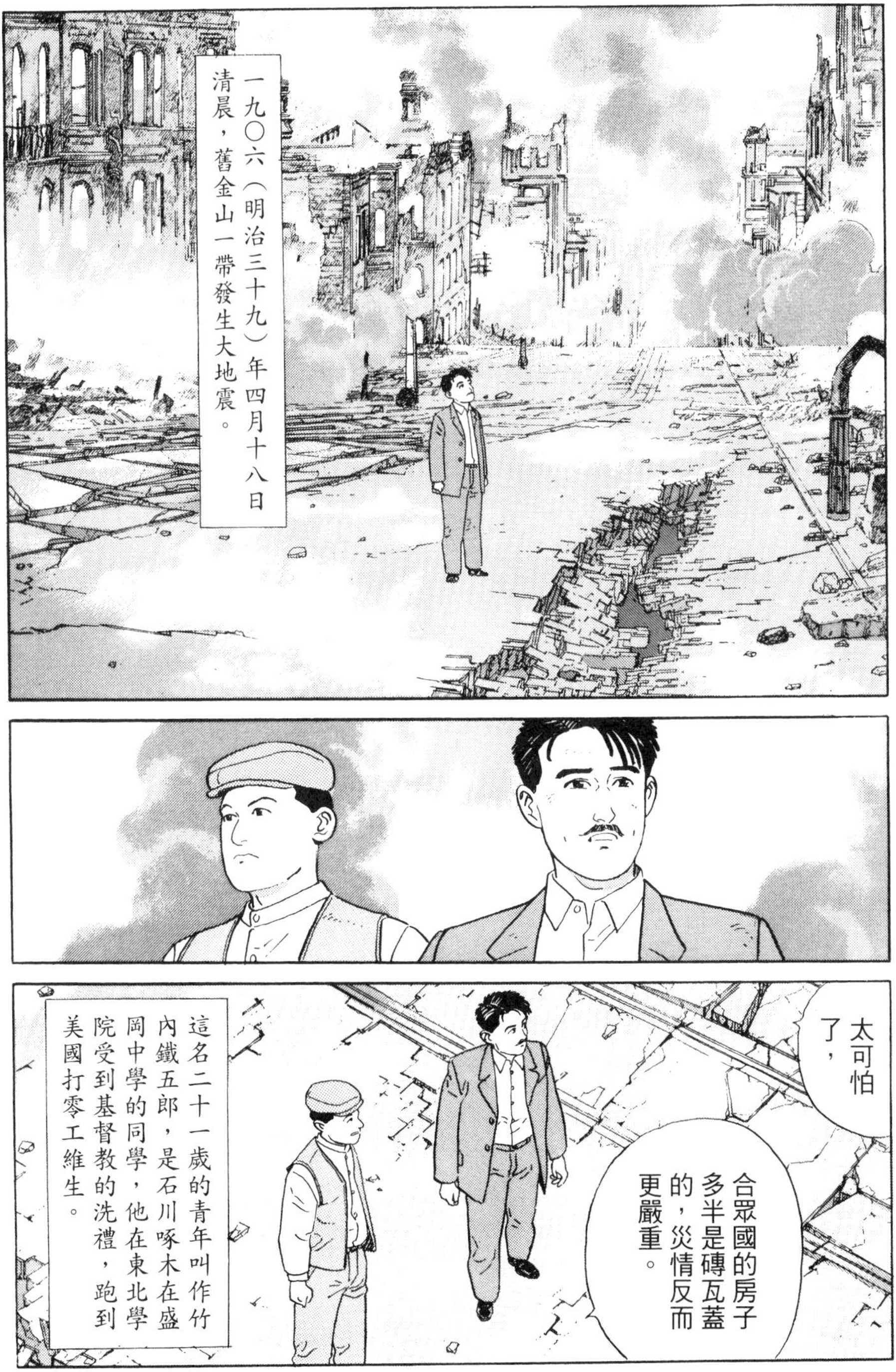
一九〇六（明治三十九）年四月十八日清晨，舊金山一帶發生大地震。
太可怕了，
合眾國的房子多半是磚瓦蓋的，災情反而更嚴重。
這名二十一歲的青年叫作竹內鐵五郎，是石川啄木在盛岡中學的同學，他在東北學院受到基督教的洗禮，跑到美國打零工維生。

你看！大地震雖然破壞了市區的所有機能，
街上依然充滿活力，
郵務和鐵路免費，無償派發糧食，
青壯市民理所當然地把建設臨時醫院和避難所當成義務，
是啊！
金錢成了無用的長物，私有財產也自然消滅了。
喂！那邊的中國人，
沒事幹就幫忙把店裡的貨品都搬到車上來！
……
那間店賣的東西……？
沒錯，
FOODS & LIQUO
跟老闆談好了，罐頭要發給災民吃。

您搬得動嗎？
呼
怎麼這麼重……
呼
呼
FOODS & LIQUOR
你還挺強壯的嘛。
呼
呼
我本來就在碼頭當搬運工啊。
沒錯，竹內，
這就對了。
什麼？
砰！
好累——
噗通
這就對啦！
這樣就是無政府共產（anarchist communism）了。
啊，
真的呢。

翌年，明治四十年十一月三日天長節[3]，啄木在北海道各地漂泊的時候，竹內鐵五郎寫了一封公開信〈致日本皇帝睦仁君〉，貼在日本駐舊金山領事館的大門上。
裡頭有以下這段偏激的發言：「可憐的睦仁皇帝，陛下早已命在旦夕，腳邊布滿各種即將引爆的炸彈……」
橫濱港
橫濱港客船候客大廳
這名青年在美國空想的豪言壯語震撼了日本政府，成了日後「大逆事件」反應過度的導火線。

3. 天長節（てんちょうせつ）：日本在明治6年將天皇的生誕日訂為國定假日，取自《老子》中的「天長地久」一詞。

堺兄，
船再過兩小時就會進港了。
好，
好久沒看到幸德了。
嘟嘟——
嘟嘟——
荒畑，
後來，你和那個女人怎麼樣了……
啊？
就是，
紀州田邊那位管野須賀子小姐。
她啊……

聽說管野小姐也離開田邊，現在去了京都，
有聯絡你嗎？
嗯。
不只是保持聯絡，寒村天天都收到她厚厚的來信。
大杉榮[4]說想迎娶我亡妻的小妹。
堀保子小姐嗎？
要是不能結婚，他就要去殉情，還當場點火燒了自己的浴衣呢。
現在的青年是勇氣十足，還是接觸太多浪漫主義了？
我來說這種話，可能有點怪，
……
管野小姐是箱中的野火，
我總覺得她蒼白的火焰不只會燒毀自己，也會讓周遭的人烈火焚身……

4. 大杉榮（おおすぎ さかえ）：出身於軍人家庭的無政府主義者，明治、大正時代的社會運動家及思想家，多次因為鼓吹群眾運動和演講而被捕，大正 12（1923）年 9 月遭憲兵隊逮捕後死於東京憲兵本部，享年 39 歲。

京都
堺利彥的忠告沒有派上用場，
一個月後，荒畑寒村像飛蛾撲火那樣，飛奔到京都的管野須賀子身邊。
阿勝！
我在這裡。
最後寒村和須賀子過了整個夏天，
兩人在年底乾脆搬到東京府下柏木開始同居。

喔，來了！
是幸德先生。
竟然成了一副美國佬的模樣。
氣色看來很健康。
明治三十九年六月二十三日，因為地震的關係，幸德縮短旅居美國的行程，由橫濱港回國。
幸德秋水自覺是個無政府主義者，他的人生和管野須賀子這些年輕的恐怖分子交會，隨即迎向高潮迭起的命運轉折。

所謂的「大逆事件」及其背景

關川夏央

俗稱「大逆事件」的天皇暗殺計畫，或者該稱為已有某種程度具體準備，在夢想執行的暗殺計畫，我認為應該把「大逆事件」叫做「宮下、管野、新村事件」，或以宮下太吉製造並實驗投擲炸彈的地點，稱為「明科事件」才貼切一點。

明治四十一年十一月，在愛知縣的宮下太吉想出了一個概略的構想，在翌年明治四十二年九月初，管野須賀子構想了更具體的暗殺計畫。在法庭審判中被視為主犯的幸德秋水，其實只在明治四十二年九月到十月間消極表示過興趣，到了十一月就完全脫離，不再和這些人來往。另一名被視為本案核心人物的古河力作，對於執行計畫的意志更是薄弱。

至於其他十九名被告，幾乎都是以社會主義者或無政府主義者的身分，在參與討論革命夢想的座談時，在場聽過或談論過行動的構想而已，除了宮下太吉和紀州的成石勘三郎、平四郎兩兄弟，他們二人分別嘗試製造爆裂物卻告失敗，以當時的刑法來看，其餘人充其量只是輕罪或無罪罷了。然而，日本這個國家卻將全員二十六名被告中的二十四名判處死刑，實際處決了十二名，另外十二名則處以無期徒刑，餘下二名則判處八年及十一年有期徒刑。這件單純的暗殺未遂事件，或是粗糙不堪的暗殺計畫，對明治政府的首腦來說實在是天賜良機，因此刻意將事件放大處理。

產業革命在甲午和日俄戰爭期間急速發展，讓全國各地出現名為「勞動者」的廣大群眾，日本的資本制度尚未成熟，不斷發生初期階段的扭曲現象，因此在各地引發勞資糾紛。這時，批判各種不平等、不合理現象的人也應運而生，明治三〇年代的人還無法明白區分社會主義和無政府主義間有何不同，那些人當時被稱為「主義分子」（日文原文：主義者），總之，主義分子受到西歐社會科學的影響，進而意識到資本制度和帝國主義的問題癥結，他們搖身一變，成為向體制唱反調的「憂國之士」了。

明治維新後已過了四十年，昔日的青年革命家垂垂老矣，革命精神當然也褪色了，這時某種恐懼的情緒支配了政府中樞的精神狀態，他們恐懼的是好不容易打造出來的明治國家受到新進的相互扶助思想和平等思想所荼毒，甚至被那些增進大眾權利的主張所顛覆、推翻。伊藤博文在明治四十二年遭到暗殺，唯一存活的維新「元老」山縣有朋個人的恐懼感變得更強烈。正是明治國家在這四十年來培育出來的官僚機構，基於過剩的危機感和防衛心態來面對大逆事件，決定採取前所未有的大規模處決手段。

一開始，對於是否要逮捕幸德秋水，承辦檢察官還猶豫不決，等到他們明白了山縣有朋和桂太郎的心思，便立刻變更起訴方針，轉而擴大處理，發動將「危險分子」一網打盡的大規模作戰。嫌犯原本只有管野、宮下、新村、古河等四人，再加上幸德秋水，最多也不過五人，最後竟然強硬地派人到和歌山、熊本和大阪各地捉拿人犯，有的人和主犯們素不相識，有的人連他們的名字也沒聽說過，全被構陷成「共同謀議」而被警方逮捕。

紀州新宮出身的醫師大石誠之助在臨刑前，曾在教誨所[1]對檢察官說：「世上多的是萬萬沒想到的事，這種不可思議的經驗還是第一次。」

以下是大石誠之助在獄中寫給妻子的絕筆信：

「有人曾這麼說過，就算那天再怎麼痛苦難受，最遲隔天就要吃些東西，這才是獲得慰藉的第一步，這陣子妳千萬不要關在家裡，應該梳好頭髮、換上新衣，去找親朋好友玩，多看看這個世界，這麼一來就會平靜下來，心情也會自在多了。」

二十歲的詩人佐藤春夫是大石誠之助的同鄉，在大石被處死後，他以〈愚者之死〉為題寫了一首詩，刊登在石川啄木編輯的雜誌《昴》上面。

「一千九百一十一年一月二十三日，大石誠之助被殺了。

違背那些嚴厲的多數者制定的規章，叛徒只能非殺不可嗎？

（中略）

我聽說，他的鄉里就是我的故鄉　紀州新宮這地方陷入了恐懼。

如此機靈的商人小鎮，真是令人嘆息。」

1. 執行死刑前的刑事犯留置設施，即看守所。

而佐藤春夫的老師與謝野鐵幹也是大石的朋友，他則是把痛切的批判精神寄託在〈誠之助之死〉這首詩裡。

「大石誠之助死了，真是大快人心啊，他被機器給輾死了。

名叫誠之助的人有許多，然而、然而，我的朋友誠之助只有一個。

（中略）

唉，真的啊，各位，真是大快人心啊，那個誠之助已經死了。

誠之助和誠之助的同黨都死了，忠良的日本人今後都能高枕無憂了。可喜可賀啊。」

而德富蘆花[2]和三宅雪嶺[3]無法壓抑心中的義憤，替被處刑的幸德秋水等人演講辯護，蘆花受到一高學生河上丈太郎所託，在學校大禮堂發表演講，在場聽眾都深受感動，身為校長的新渡戶稻造[4]卻因允許校內出現「反動」言論，不得不自動請辭以示負責。

森鷗外雖然身處體制內，他發揮天生的文辭修飾技巧，寫下了依據詮釋角度不同而感想各異的危險作品《沉默之塔》和《妄想》。

石川啄木則向《昴》的文壇同好，同時也是大逆事件的辯護律師平出修借來秋水的答辯書，熬夜抄錄了一份，明治四十三六月，他在詩集《哨子與口哨》中，以一連串詩作表露自己的心聲。

「吾明白，恐怖主義者的

悲哀心境——

難以分辨言語和行動的不同

2. 德富蘆花（とくとみ ろか）：日本明治、大正時期的小說家，本名德富健次郎，以小說《不如歸》、隨筆小品集《自然與人生》成為當時的人氣作家，明治 43 年曾透過其兄德富蘇峰試圖向首相桂太郎為大逆事件請願未果，明治 44 年 2 月 1 日應第一高等學校辯論社之邀，發表演講《謀叛論》。
3. 三宅雪嶺（みやけ せつれい）：本名三宅雄二郎，日本哲學家及評論家，明治 44 年 2 月 6 日於國學院大學演講時公開批判大逆事件的處置方式。

只有那一顆心，
取代了被剝奪的言語
想以行動來表達的那顆心，
把吾和吾身完全擲向敵人的那顆心——」（〈一匙可可亞〉）
另一方面，夏目漱石卻一直保持沉默，直到明治四十四年二月，文部省通知將要頒贈他文學博士學位，漱石突然強烈反對，採取頑固的態度抗拒，結果博士頭銜就在文部省覺得已經授予，漱石本人則認為自己從未接受的含混狀況下不了了之。
武者小路實篤、正宗白鳥和永井荷風等人雖然三緘其口，在作品中卻低調地透露自己的感想，這真是一樁不可思議的事件，人們無論如何還是能意識到大部分被告並不是因為犯案的行動，而是由於思想傾向而被政府處刑。保持沉默的作家們都感受到某種不祥的震撼，相當於日本「青年期」的明治時代事實上也在這一刻劃下句點，接下來的日本和日本人，就開始穩穩地踏上通往昭和二十年[5]那個悲慘結局的軌道上了。
一九七八（昭和五十三）年，高齡九十一歲的荒畑寒村到瑞士旅行，在飽覽艾格峰（Eiger）、白朗峰（Mont Blanc）和少女峰（Jungfrau）的風光後，他詠歌一首：
「名喚少女峰之地，佇立有如吾初戀情人之姿」
想忘也忘不了，更無法憎恨六十七年前的情人，那個人拋棄寒村，投向幸德秋水的懷抱，最後還跟對方一起死在絞刑臺上，她就是管野須賀子。

4. 新渡戶稻造（にとべ いなぞう）：日本思想家、教育家，於明治39年起擔任東京帝大教授並兼任第一高等學校校長。
5. 昭和二十年即1945年，三月的東京大空襲炸死三十萬日本人，八月美國在廣島和長崎投下原子彈，天皇於八月十五日玉音放送，親自宣告日本無條件投降。

第九章 命運的齒輪

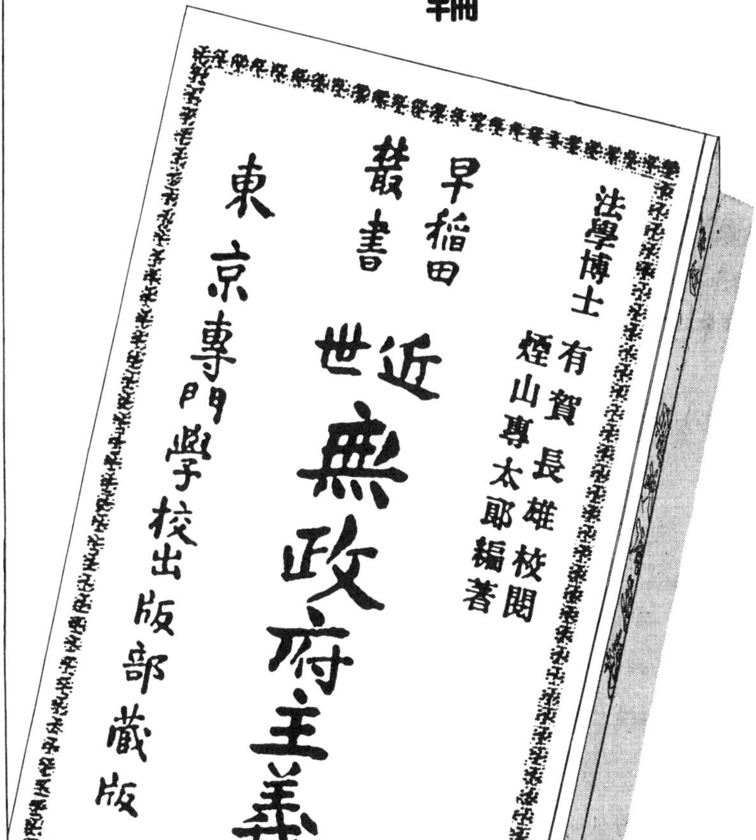

轟隆！
炸藥這東西，
威力太可怕了！

第一小隊——準備射擊！
不要開槍——
第二、第三小隊上刺刀！
大家馬上就會投降，
不會再抵抗了，不要開槍打人——
明治四十年二月四日，足尾銅礦發生暴動。
各小隊齊步走——

真難為情啊。
下一步就是審判了，
官老爺不會放過死愛錢的古河市兵衛吧？
報社的人都看清楚了沒有？
給我好好寫下來啊，
報社的小兄弟！
還不給我閉嘴?!
明治四十一年一月十五日，幸德秋水、堺利彥、西川光二郎和石川三四郎等人將《平民新聞》復刊，改為每日出刊，
二月的足尾暴動，由正和管野須賀子同居的荒畑寒村擔任特派員。

明治四十二年二月十七日
議會可是日本政治組織的中樞啊。
別傻了，田添。
田添鐵二[1]
當權者總算打開議會這扇門，告訴我們可以坐下來好好談判了。
我認為，想要破壞體制是徒勞無功的。
你的想法未免太天真了！
光靠暴力是無法實現革命的。
議會是仕紳階級用來打倒貴族專制所創造出來的工具，
在西園寺內閣的融合政策下，社會黨在前一年獲准成立，第二居黨大會就陷入爭論之中。
好啦，冷靜。
這個工具也會封死職工勞動者的發言權。

1. 田添鐵二（たぞえてつじ）：生於熊本的日本社會主義者，曾留學芝加哥大學研讀神學及社會學，參與日本社會黨之創設。

拿下席次就能為自己發聲了。
我們要的並不是議席，
是土地和金錢。
錯了，靠普選才對！
要教育職工勞動者，提高他們的意識。
各位請聽好了，
最令人尊敬的田中正造老前輩在議會呼籲了二十年……甚至向天皇直接陳情，最後得到了什麼？
足尾的礦工們才花了三天就能大受矚目，
還讓權力階級心驚膽戰，
不過是十天前的新聞，
大家難道忘了嗎？
沒有忘！

沒錯！
誰能忘得了呢？
他就是幸德秋水先生。
……是他
……幸德秋水
秋水是一把名刀，
名字就是象徵他的鋒芒吧？
……
與其進議會，不如搞運動，
空談言論，
不如直接行動！
好啊──
議會政策太軟弱！
說得好──
直接行動!!
藤田五郎

秋水的「硬派」和田添鐵二的「軟派」激烈爭執，最後決議採取堺利彥的折衷方案，黨大會落幕。
西園寺、原敬內閣原本對社民勢力較為寬容，秋水的直接行動論讓他們感到威脅，
召開大會後五天，禁止社會黨組黨，日刊《平民新聞》在兩個月後的明治四十年四月十四日再次被查禁。
堺已經到了。
秋水健康不佳，他在明治四十年十月下旬退出第一線，決定回到故鄉土佐中村，全心寫書和翻譯。

介紹一位同志給你認識，這位是經營牛奶咖啡廳的藤田五郎。
我是幸德秋水，這是內人千代。
我會在您返鄉期間盡力效勞的。
嘟—
先生!!
幸德先生!!
喔，是荒畑啊。
您多保重！

謝啦，
你也多保重。
硿咚
硿咚
她是大我幾歲的老婆。
喔，是管野嗎？
我們下次和您見面，
就是在全體大罷工的紅旗底下了吧！
我搭人力車去小石川。
咱們幾個還是坐電車吧，
能省則省嘛。

您直接去鍛冶橋嗎？
笨蛋，我怎麼能跑去警視廳？
替我傳話給伊集院警視正。
是。
裁縫屋銀次
幸德確實回土佐去了，
身體狀況不妙也是真的，紀州新宮的醫生大石誠之助前幾天來看診過。
大石……他也是社會黨？
診斷出來是肺病沒錯，
腸子發炎是肺部的病菌造成的。
那麼，幸德他……
好一陣子不會回東京了。
留在東京的堺利彥個性穩重，
不會放任荒畑和大杉這些血性青年亂來吧。

土佐中村
在秋水返鄉後不久，〈致日本皇帝睦仁君〉的投書被祕密寄回日本，這就是所謂的「天長節不敬事件」。在故鄉中村最後的這段日子，
是秋水人生中最後一段安穩的時光。
千代啊，
「奪取麵包」……
妳覺得這個書名如何？
……

2. 克魯泡特金（Peter Kropotkin）：俄國革命家、政治思想家，提倡相互扶助的無政府共產主義，《奪取麵包》（或譯：《麵包與自由》）則發表於 1886 年。

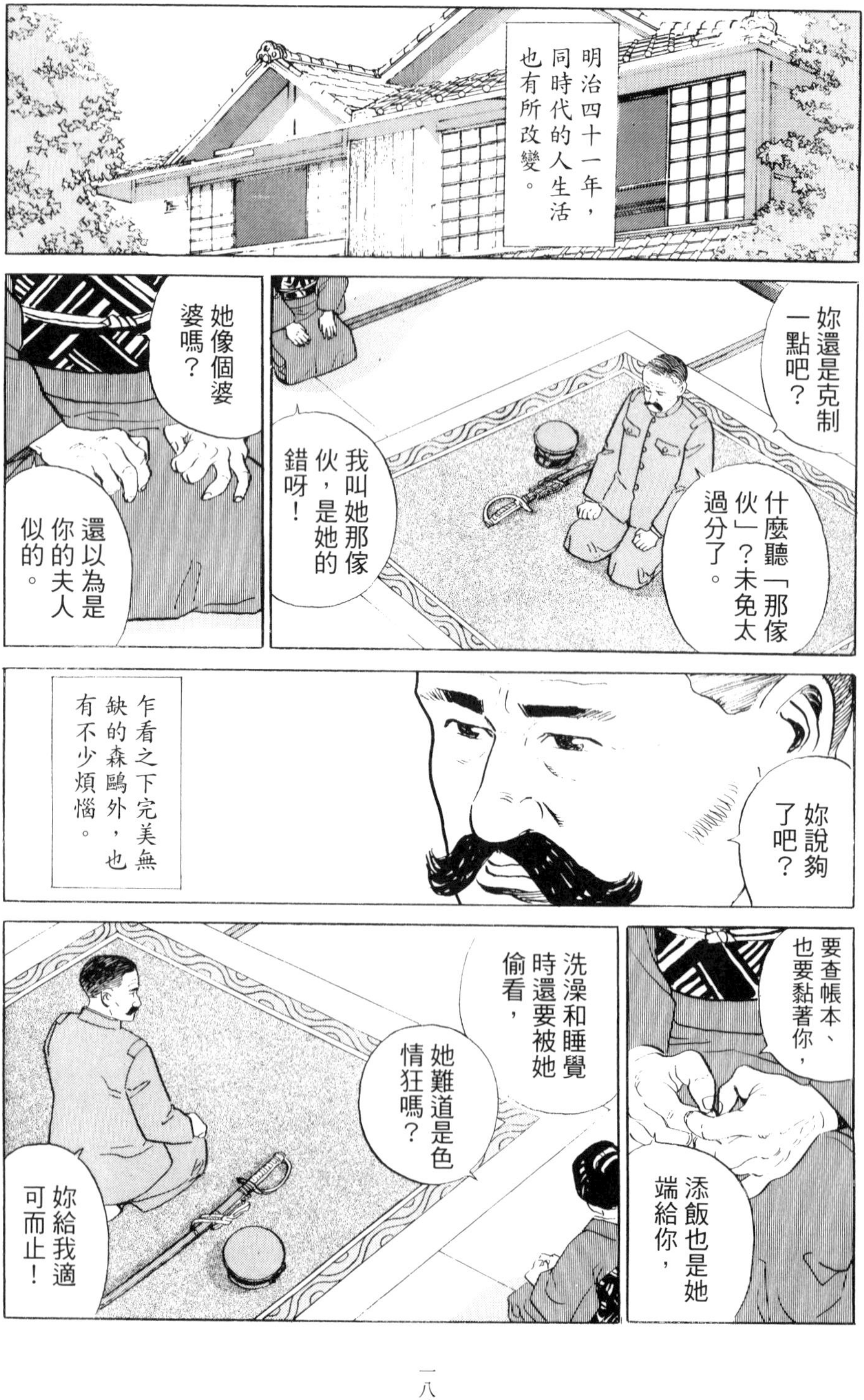
明治四十一年，同時代的人生活也有所改變。
妳還是克制一點吧？
什麼聽「那傢伙」？未免太過分了。
我叫她那傢伙，是她的錯呀！
她像個婆婆嗎？
還以為是你的夫人似的。
妳說夠了吧？
乍看之下完美無缺的森鷗外，也有不少煩惱。
要查帳本、也要黏著你，
添飯也是她端給你，
洗澡和睡覺時還要被她偷看，
她難道是色情狂嗎？
妳給我適可而止！

今天我不用上班，請妳安靜一點。
才剛過年，弟弟篤二郎（三木竹二）和兒子不律相繼去世，妻子志茂的歇斯底里症變得更嚴重了。
鷗外考慮將家庭內部的問題用「文藝」方式曝光，以激烈的手段治療……
怪了，
那個人是……？
剛到東京不久的石川啄木所寫的小說都賣不出去，只能靠借貸度日。

明治四十一年前半，夏目漱石陷入憂鬱期，
他每天剪貼殺人案件的新聞報導，小說《三四郎》是在短暫脫離憂鬱期的盛夏著手寫作的。
逍遙先生這邊請，
對，您坐長谷川旁邊。
長谷川你就別害臊了，
你可是今天的主角啊！

明治四十一年六月六日，在上野精養軒舉辦長谷川二葉亭的赴俄歡送會。
喂，照相師傅，
我們都準備好了！
啪
當二葉亭四迷踏上赴俄這段不歸的旅程時，政局隨著對社會主義者的處置而有所變動。
山縣計劃去密奏？怎麼可能……
他的確是不擇手段。

那個頑固的老傢伙，
看來真的要去稟奏陛下。
……要使出徹底根絕的手段嗎？
俾斯麥的那種鐵血主義不可能適用於我國和民眾……
覺得西園寺內閣對社會主義勢力太溫和了，
那些主義分子，不惹事的話倒也無妨，
幸德已經回鄉專心寫作，突然爆發的可能性少了許多……
……
為了預防今後有人突然暴起，
得加速讓未通過的工廠法定案，組織穩健的工會，離間社會主義青年和勞工的關係。
唔。
體內的細菌要是全數消滅了，人也是會死的吧？諷刺的是，日本為
了和全世界對抗，今後不得不撲滅有用的益菌。

咦？
他們動手了……
主義分子在光天化日下和警方在帝都衝突
「主義分子於六月二十二日在神田錦輝館舉辦山口義三出獄歡迎會，會中有十餘名血氣方剛的青年男女揮舞寫著『無政府共產』的紅旗，闖進公用道路上遊行，」
「和前來制止的警察隊發生零星衝突，最後，以堺利彥為首的負責人，」
「及荒畑、大杉、山川及女性管野須賀子等，全數遭到警方逮捕……」
堺兄被抓了。

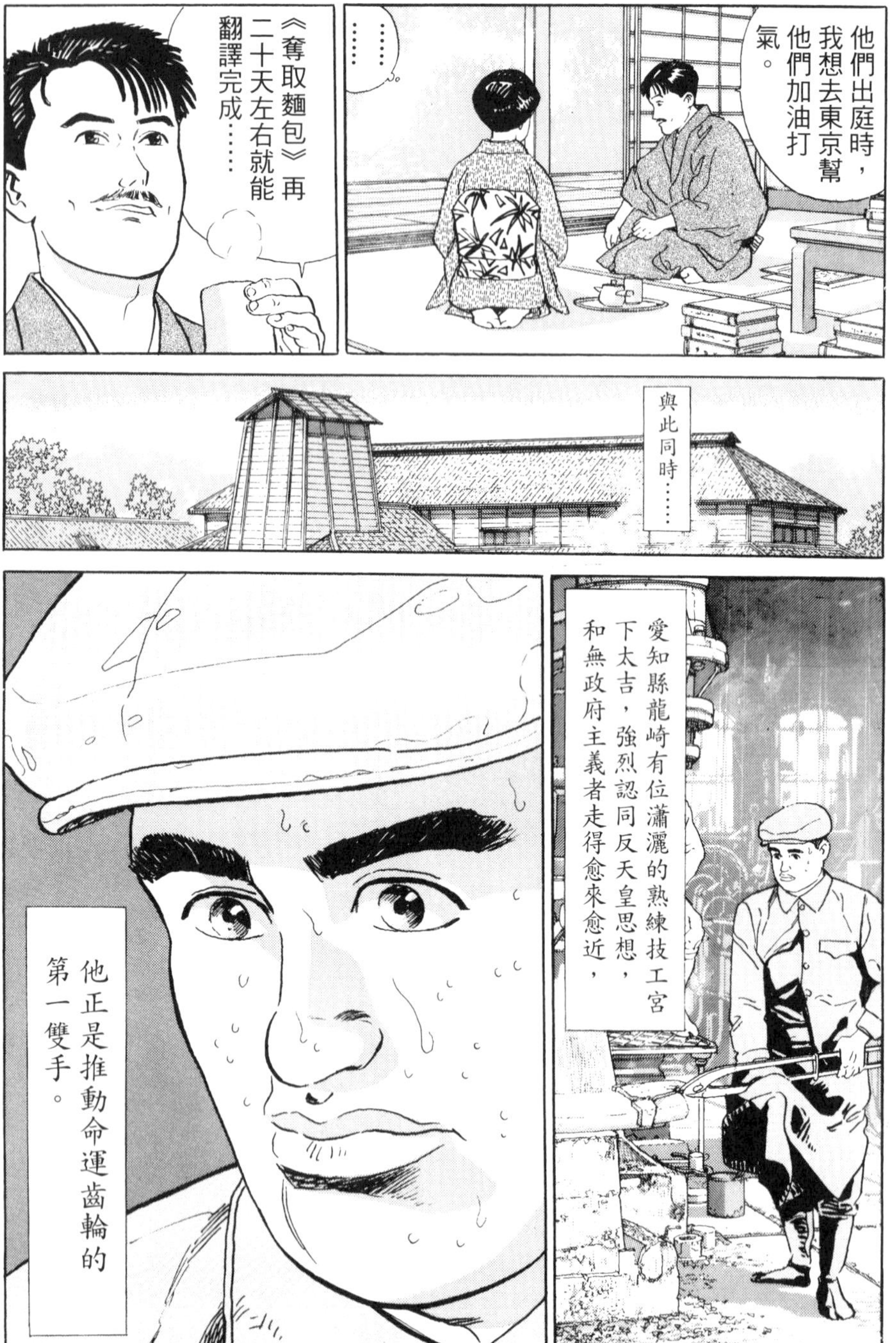
他們出庭時，我想去東京幫他們加油打氣。
……
《奪取麵包》再二十天左右就能翻譯完成……
與此同時……
愛知縣龍崎有位瀟灑的熟練技工宮下太吉，強烈認同反天皇思想，和無政府主義者走得愈來愈近，
他正是推動命運齒輪的第一雙手。

第十章　致日本皇帝睦仁君

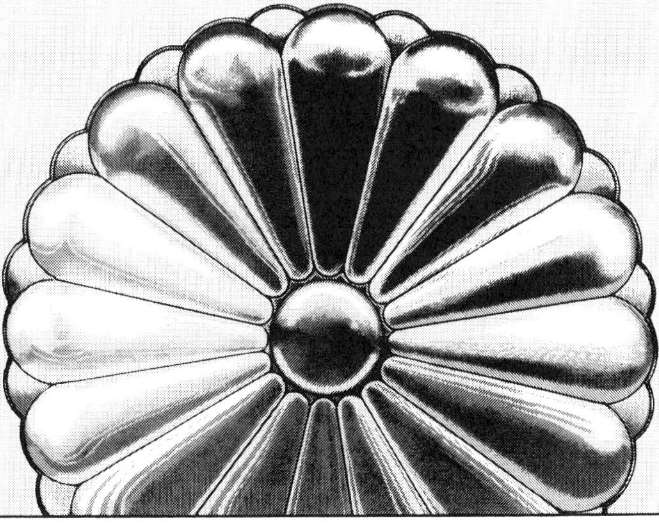

東京　目白臺
明治四十二年五月，當時的政權中樞在山縣有朋的「椿山莊」集合，包括對主義分子採行溫和政策的首相西園寺公望和內務大臣原敬，
掌權者希望不惜任何手段來強力鎮壓主義分子，聚會的目的是就是要確立這個方針。

無政府主義者的理想是mutual aid，
意思是相互扶持，
全世界的人類都能互助合作，每個人就能安穩地生活，
那就不再需要政府了，
無政府主義者在歐陸非常活躍，已經到了猖狂的地步，
連法國的警察也對他們無可奈何。
無政府分子啊……
前首相　桂太郎
民刑局長平沼騏一郎，日後大逆事件的次席檢察官，後來還出任首相。
他們不只會放火，
還搞破壞。

不但殺人，
也搞暗殺。
………
山縣有朋
既然以相互扶助為理想，本應行動穩健，
為何又訴諸暴力？
他們認為按照歷史發展，無政府主義總有一天會實現，但如果放著不管，可能要等個五百年、一千年，
因此要加速促成才行，
破壞現狀的工作就開始了……
以上是大致的狀況。
那社會主義呢？

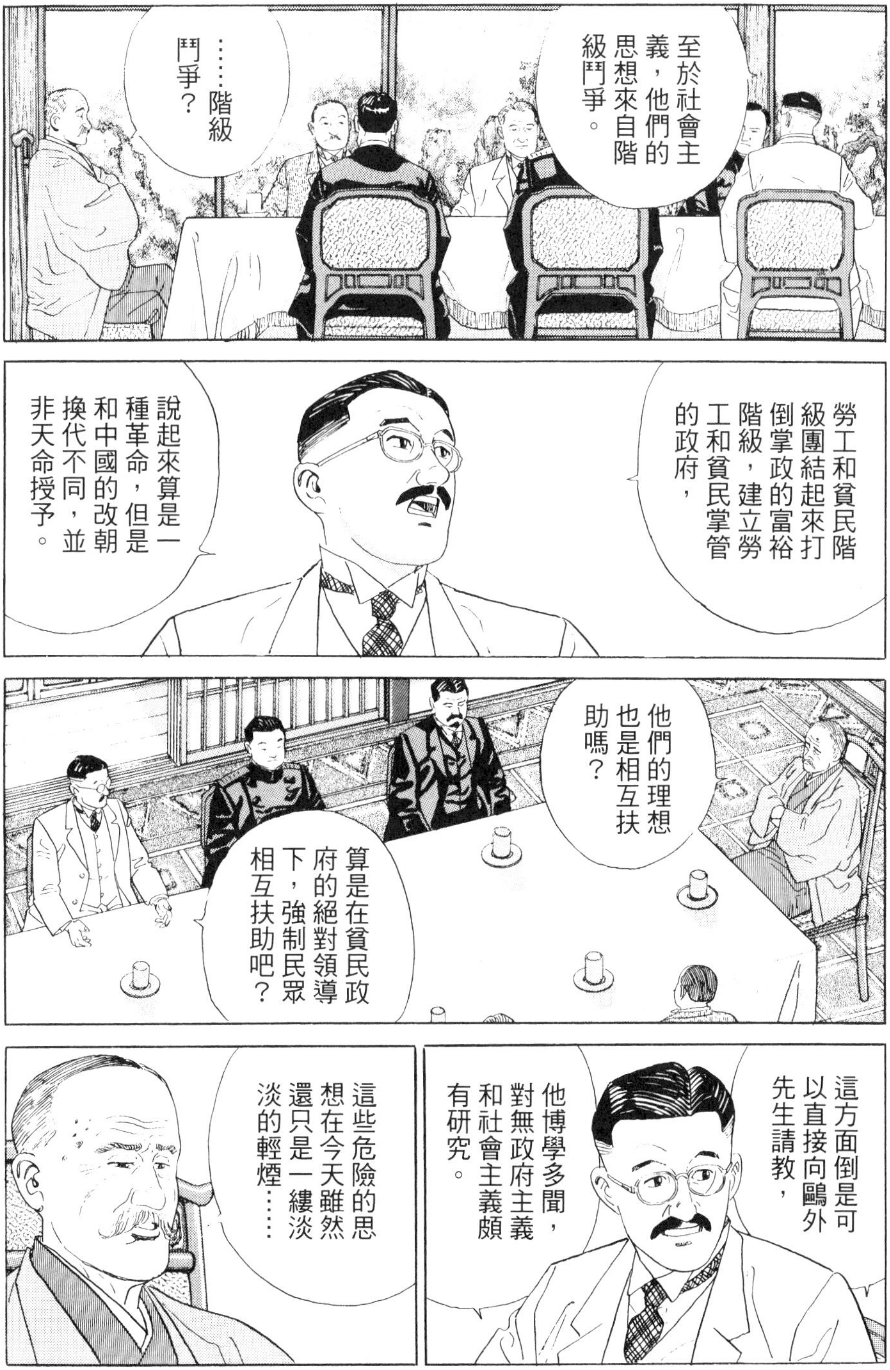
至於社會主義，他們的思想來自階級鬥爭。
……階級鬥爭？
勞工和貧民階級團結起來打倒掌政的富裕階級，建立勞工和貧民掌管的政府，
說起來算是一種革命，但是和中國的改朝換代不同，並非天命授予。
他們的理想也是相互扶助嗎？
算是在貧民政府的絕對領導下，強制民眾相互扶助吧？
這方面倒是可以直接向鷗外先生請教，
他博學多聞，對無政府主義和社會主義頗有研究。
這些危險的思想在今天雖然還只是一縷淡淡的輕煙……

若置之不理，日後恐怕會成為燎原大火，
錯過時機就束手無策了。
鑑於國家的百年大計，我不敢苟同西園寺和原的處置，
主義要在萌芽階段就摘除，
害蟲還小，要趕緊捏死，
今後的國策是防止這股勢力蔓延，
可是，桂先生……把他們逼上絕路似乎不妥，
俗話說得好，狗急跳牆、窮鼠囓貓啊！
何況先進諸國的政府都在嘗試進行社會改良，
以法令限制和懷柔處理更為重要……
……是在紅豆湯裡加些鹽巴調味的意思嗎？

是，
正是此意。
但是啊，伊集院，
我國總有一天會和美國爭奪太平洋霸權，
日本氣勢十足，但目前尚嫌弱小，一開始任憑國論散亂，大局就堪慮了。
……
我認為，要改良社會還是得和富強國力一樣秩序井然地推動。
說得太有道理了，
再等五十年都嫌太早。
伊集院！
是。
你記得前年在美國的主義分子寫了封危險信函吧……
是。

「致日本皇帝睦仁君」，
這算什麼標題？
「無政府黨派暗殺主義者，現在致足下一言」，這算什麼口氣？
……
容許這等狂徒橫行，維新大業和革命先烈的遺志豈不是要化為烏有？
山縣雖一介武夫，恕我無法坐視不管，
對付頑逆不軌之徒，便是徹底以力服之，
再無其他對策！

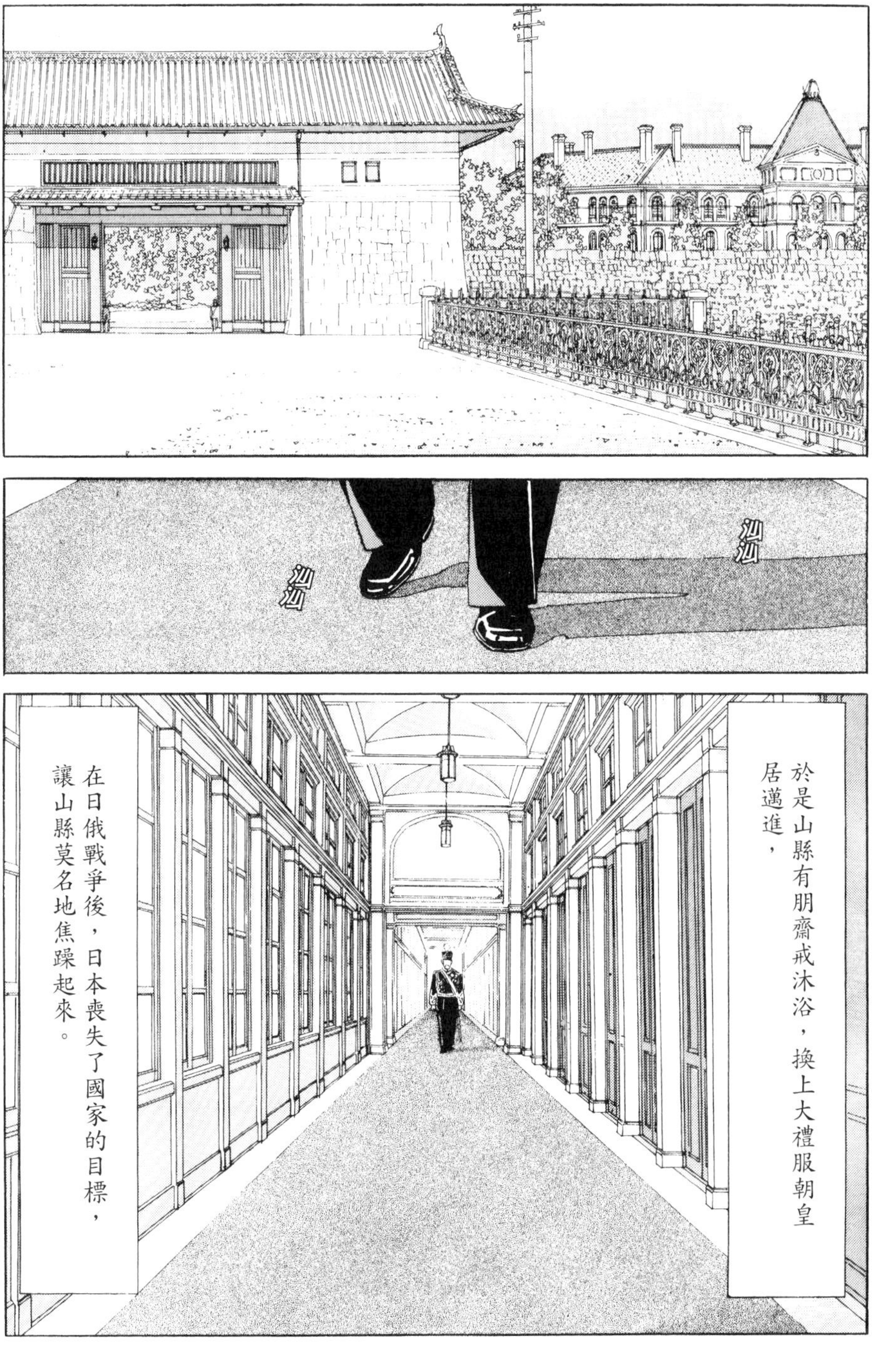
沙沙
沙沙
於是山縣有朋齋戒沐浴，換上大禮服朝皇居邁進，
在日俄戰爭後，日本喪失了國家的目標，讓山縣莫名地焦躁起來。

明治四十一年的大選，立憲政友會囊括一百九十席，以壓倒性的多數占據國會，
沙沙
沙沙
反政黨、反議會的老革命家山縣有朋，
現在是位居元帥的公爵，對於西園寺和原敬「主義分子」採取融合政策，他更是感到極度的厭惡與不安。
喔，
大將也來了？
您來拜見龍顏？
不是的。

今天來見親王。
陸軍大將　乃木希典伯爵
乃木希典當時五十九歲，比山縣年輕十一歲，他擔任學習院院長，負責天皇皇孫裕仁親王的教育重任。
怎麼哭喪著臉……你還是老樣子。
是嗎？
元帥有何要事？
有事直接向陛下稟告。

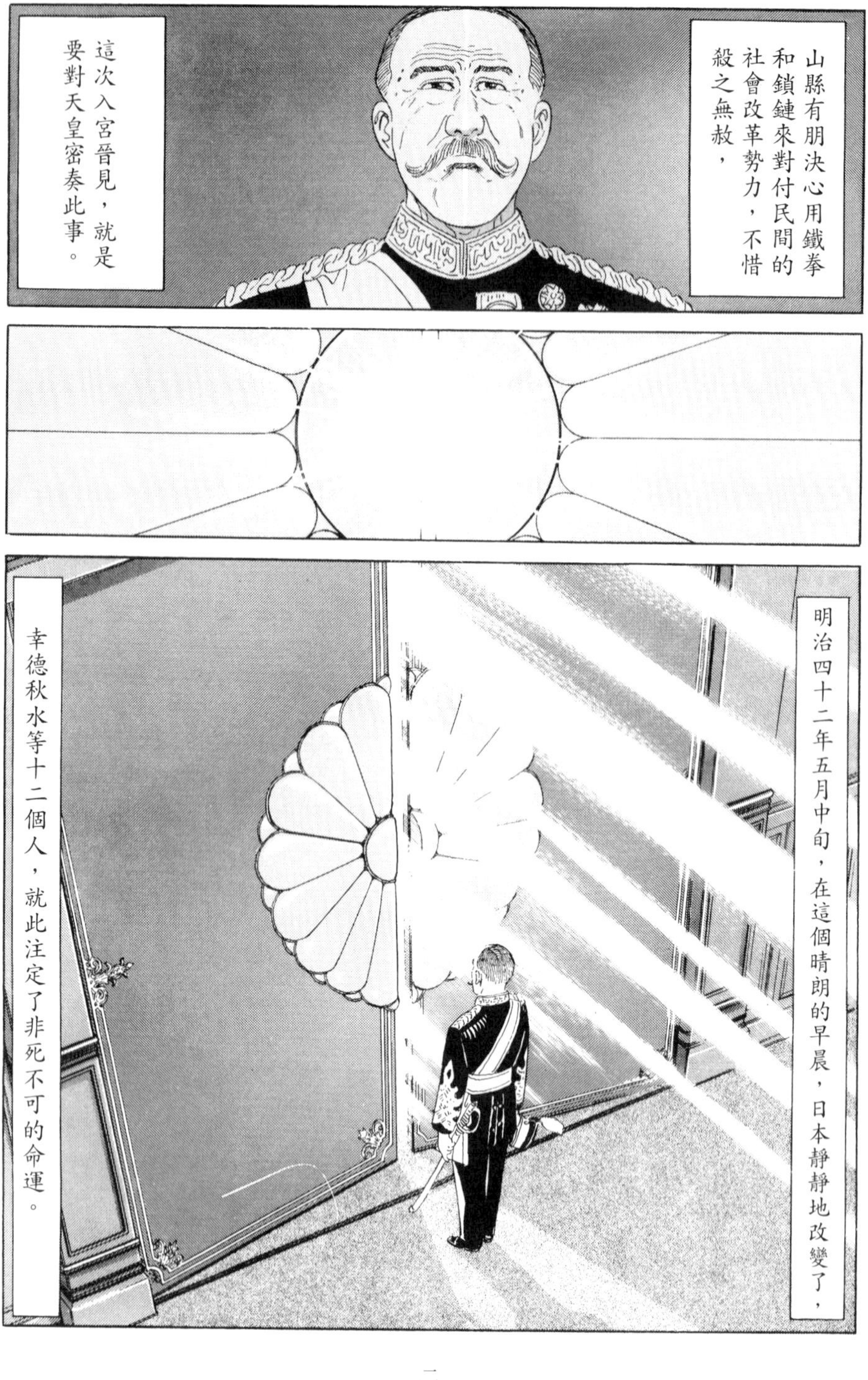
山縣有朋決心用鐵拳和鎖鏈來對付民間的社會改革勢力，不惜殺之無赦，
這次入宮晉見，就是要對天皇密奏此事。
明治四十二年五月中旬，在這個晴朗的早晨，日本靜靜地改變了，
幸德秋水等十二個人，就此注定了非死不可的命運。

第十一章

恐怖分子群像

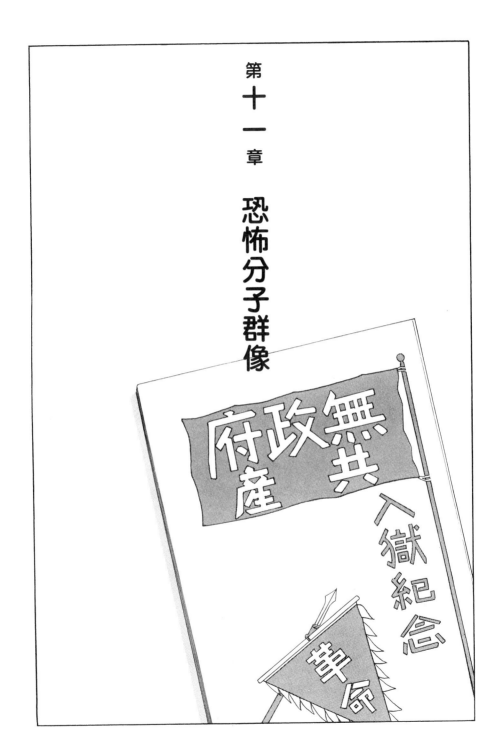

真是人間仙境……讓人快忘了國家大事呢。
也能讓你忘記革命嗎？
就算想忘……
也忘不了啊，
中國和俄國，很快就要爆發革命了吧？
……
……
日本還得要等三、四十年吧……
要等這麼久嗎？

要是不想拖那麼久，
只能讓百病纏身、來日無多的我獻身扔炸彈，來一舉促成革命……
啊哈哈哈，
別怪我這麼想……
……可是炸彈到底是怎麼製造出來的呢？
大石醫師您知道嗎？
天曉得，不如讓我回家查查英國的新萬國百科，說不定裡頭有答案……
明治四十一年七月下旬，幸德秋水為了旁聽八月中旬召開的赤旗事件第一次公審，在前往東京的途中，
順道在紀州新宮的醫師大石誠之助的家裡停留兩週。

社會動盪不安都是經濟因素造成的，
崎久保誓一　二十三歲
新聞記者
德川幕府垮臺的原因也是經濟。
成石勘三郎　二十八歲
藥材商
峰尾節堂　二十三歲
僧侶
但此時此刻、現在的日本……
有國家撐腰的有錢人，財富不停累積，
窮人要過日子，只能以債養債。
高木顯明　四十四歲
僧侶
花一晚三錢的租金租條被子，全家五口人擠著睡……這就是日本的現狀……
成石平四郎　二十六歲
雜貨商
沒錯。

必須實現相互扶助的無政府共產社會才行！
喀噠
外頭有蚊子嗎？
這種有益的對話，不如一起進來聽吧？
算了吧，大石醫生，別理他們了。
那些警犬還挺辛苦的。
自從桂內閣上臺，
監視得更嚴密了，
沒想到西園寺竟然爽快地拋棄政權……
果然是個軟弱公卿。
大杉幾個在六月鬧出的赤旗事件，真有那麼嚴重嗎？
是故意誇大案情吧。

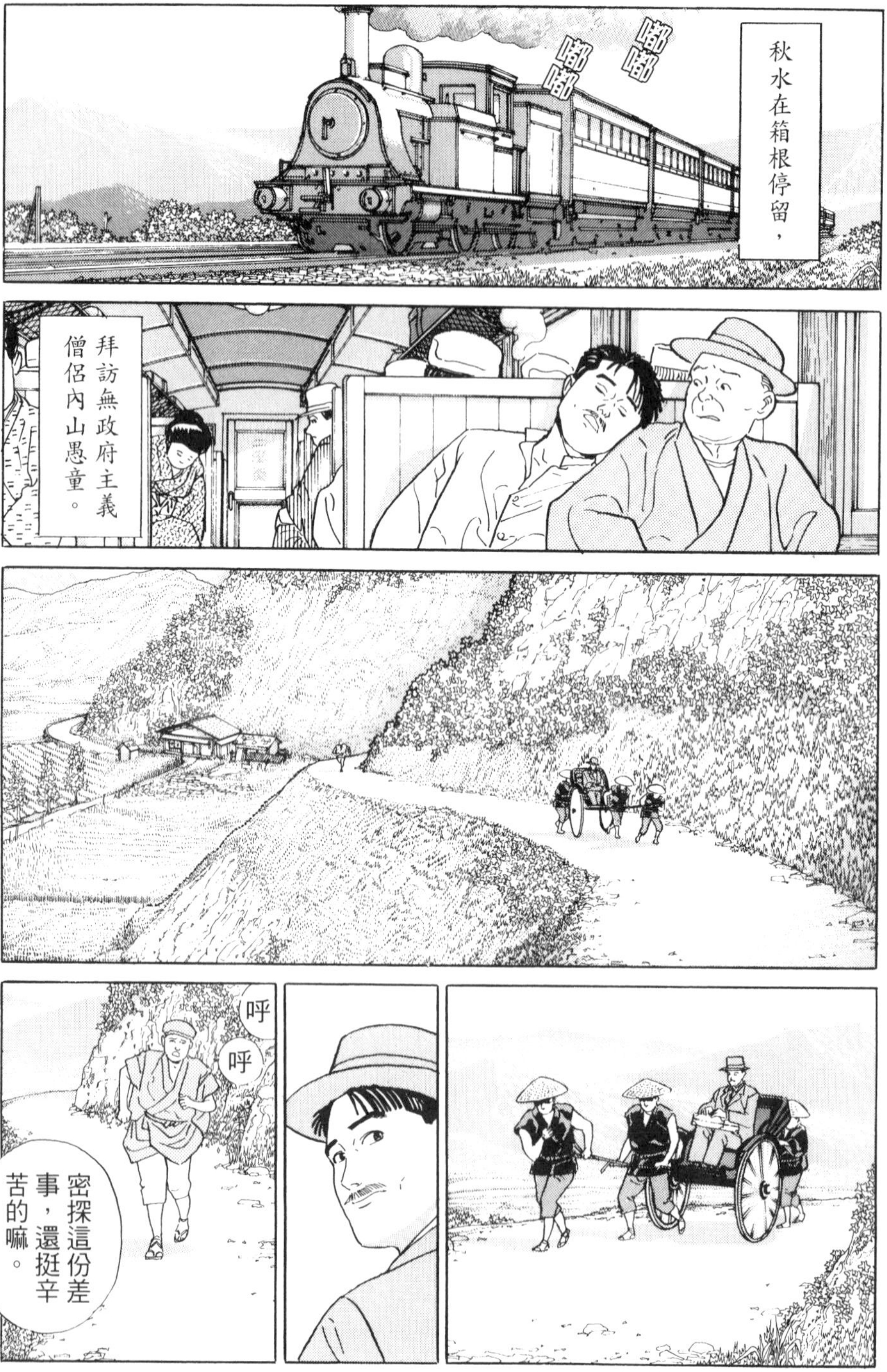
秋水在箱根停留，
嘟嘟
嘟嘟
拜訪無政府主義僧侶內山愚童。
呼
呼
密探這份差事，還挺辛苦的嘛。

秋水這趟旅程，結果成了「散播死亡之旅」，
大石誠之助和成石平四郎都被視為「大逆犯」處死，崎久保、高木、成石勘三郎和峰尾等四人一度被判決死刑……
在明治四十四年一月的某個酷寒的日子，山內愚童也被送上絞刑臺。

明治四十一年八月十五日
東京地方法院第二號法庭
不只是這次的赤旗事件，
桂內閣上臺之後，只要是倡導社會改革運動的案子……

就算在一審和二審獲判無罪，奇怪的是……
一到大審院，就會撤銷原判決，改判有罪。
請被告留意自己的發言。
案件背後都是山縣有朋元老直接對宮中施壓……

堺被告……
先逼迫西園寺公辭去首相，
再護送跟班桂太郎占據高位，
自己不學無術，把社會改革運動視為毒蛇猛獸而深惡痛絕……
堺被告，
禁止你繼續發言。
審判長在發抖耶。
是啊。
吱嘎
大杉榮

秋水，
來了——
是秋水，
秋水先生！
幸、幸德先生……
我不是什麼社會改革分子，
是個無政府主義者，
我管野和搶奪赤旗揮舞的舉動沒半點關係，
但是卻被警官施加暴行虐待，還被檢察官羞辱。

要是無政府主義有罪，那我甘願受罰，
但我絕對無法原諒目無法紀的警官和檢察官對我施暴，
法律要是不懲罰他們，我打算有朝一日自己討回公道。
審……審判長！
關於本案的證物赤旗，
是否確實是……我們當時所持有的旗子呢？
啊？
為、為了……確認一下，
請……請拿出來讓我們檢視。
這……這是要再出示一次？
是的！

無政府主義萬歲!!
萬歲!
無政府主義萬歲!!
萬歲!
萬歲!
肅靜，
各位請肅靜!
無政府主義萬歲!!
萬歲、萬歲!

萬歲！
無政府主義萬歲！
喀啦
喀啦
喀啦
華族愛妾頭上簪～～
閃閃發光多耀人～～
喀啦
喀啦
既非鑽石非金銀～～
這類案子一般會處以緩刑，最多坐牢兩、三個月，沒想到全員被處以兩年半的重刑。
乃是民脂民膏哪～～
喀啦
喀啦
咚咚～咚咚～～

海外歸來的作家目送著囚車在大街上經過，犯人自暴自棄地唱歌解悶
咚咚～～
咚咚～～
永井荷風1
哐啷
哐啷
哐啷
須賀子雖然獲判無罪，
在盛夏酷暑被拘留了兩個月，讓她的健康大受打擊。

1. 永井荷風（だんちょうていしゅじん）：日本小說家、翻譯家，出身於東京，本名永井壯吉，青年時代曾於美國及法國留學，代表作是《濹東綺譚》、《斷腸亭日乘》等。

啪
啪
叮！
終點新宿三丁目、
終點到了——
沙沙
赤旗事件的偵訊讓她吃盡了苦頭。

對須賀子的連番拷打、欺詐、哄騙、羞辱……
妳這傢伙啊……
鼻子要是再高一點，
哼，就是大美人啦！
好痛！
捏！
那個檢察官……
武富那個混蛋……
她對承辦檢察官武富濟恨之入骨。

總有一天……
我要殺了你。
從這時候開始，管野須賀子的精神內部開始燃燒著恐怖主義的蒼白火苗，
這就是將她推上絞刑臺的第一步。

第十二章　正義之士

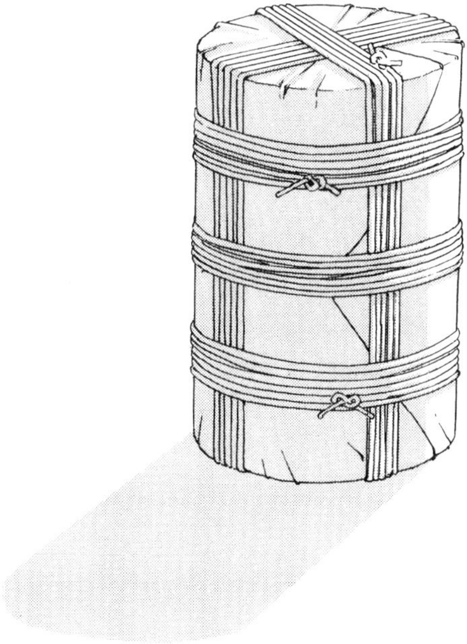

大杉榮被重判兩年半徒刑，堺利彥兩年，荒畑寒村則是一年半，他們被關進千葉監獄，量刑是過去的十倍。
有人笨拙地繫著木屐鞋帶，
有人打算自學外語來打發獄中生活。

牢房窗外的月光，讓寒村思念起須賀子來了，這是明治四十一年秋天的事。
喂，管野。

唰
來了，
有什麼吩咐……
是新村啊？
管野人呢？
她在自己房裡。
忙成這樣了，在搞什麼？
不曉得。
管野須賀子那時和秋水在平民社同居。
管野——

偵訊時被承辦檢察官嘲笑鼻子太塌，須賀子決定接受手術，注射石蠟(paraffin)隆鼻……
喂，管野——！
妳在屋裡吧？
這種粗糙的手術對腦神經有害，讓她的精神狀態變得更不穩定。
答
答
答
喀啦
喀啦

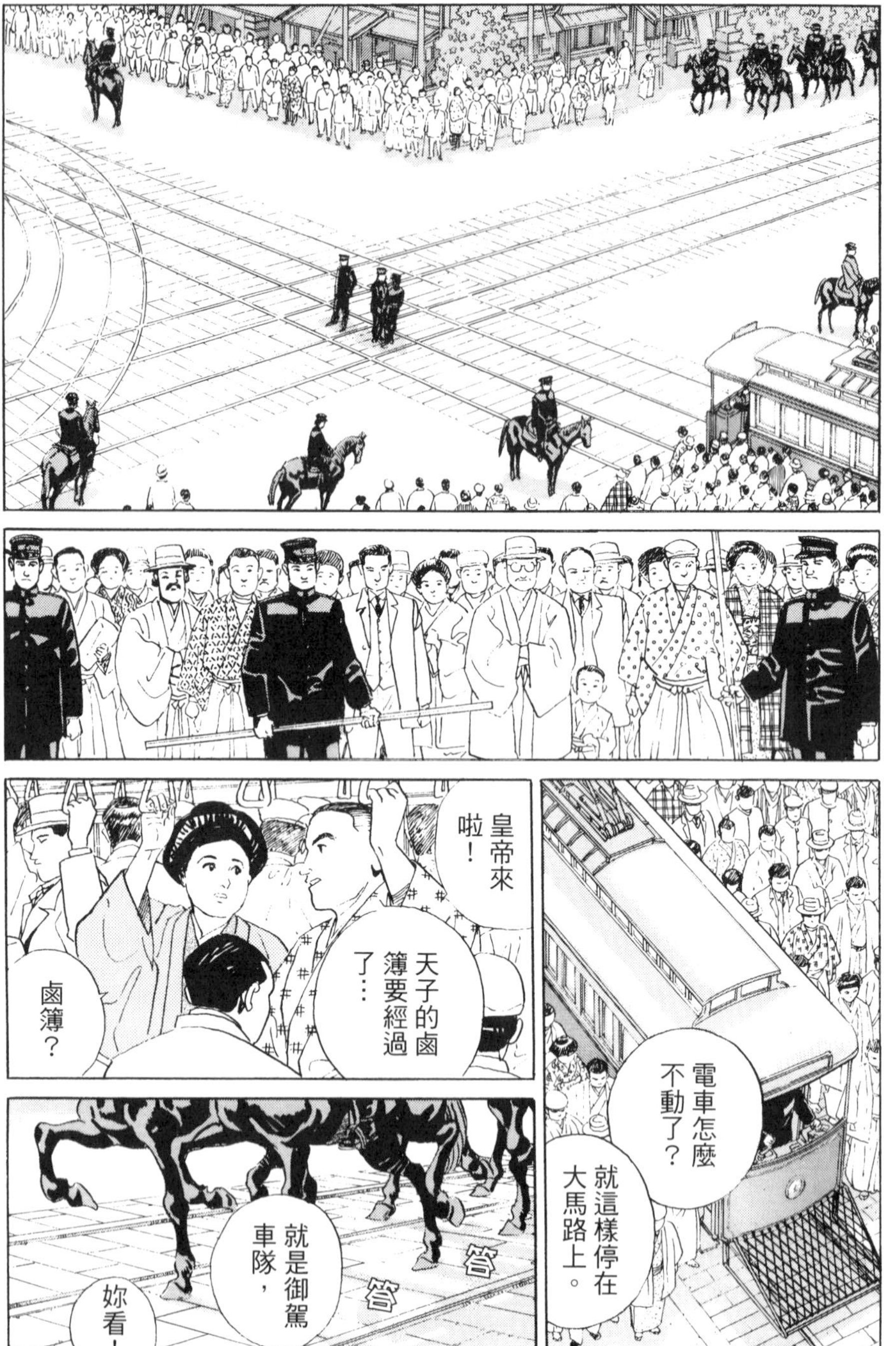

電車怎麼不動了？
就這樣停在大馬路上。
皇帝來啦！
天子的鹵簿要經過了…
鹵簿？
答
答
就是御駕車隊，
妳看！

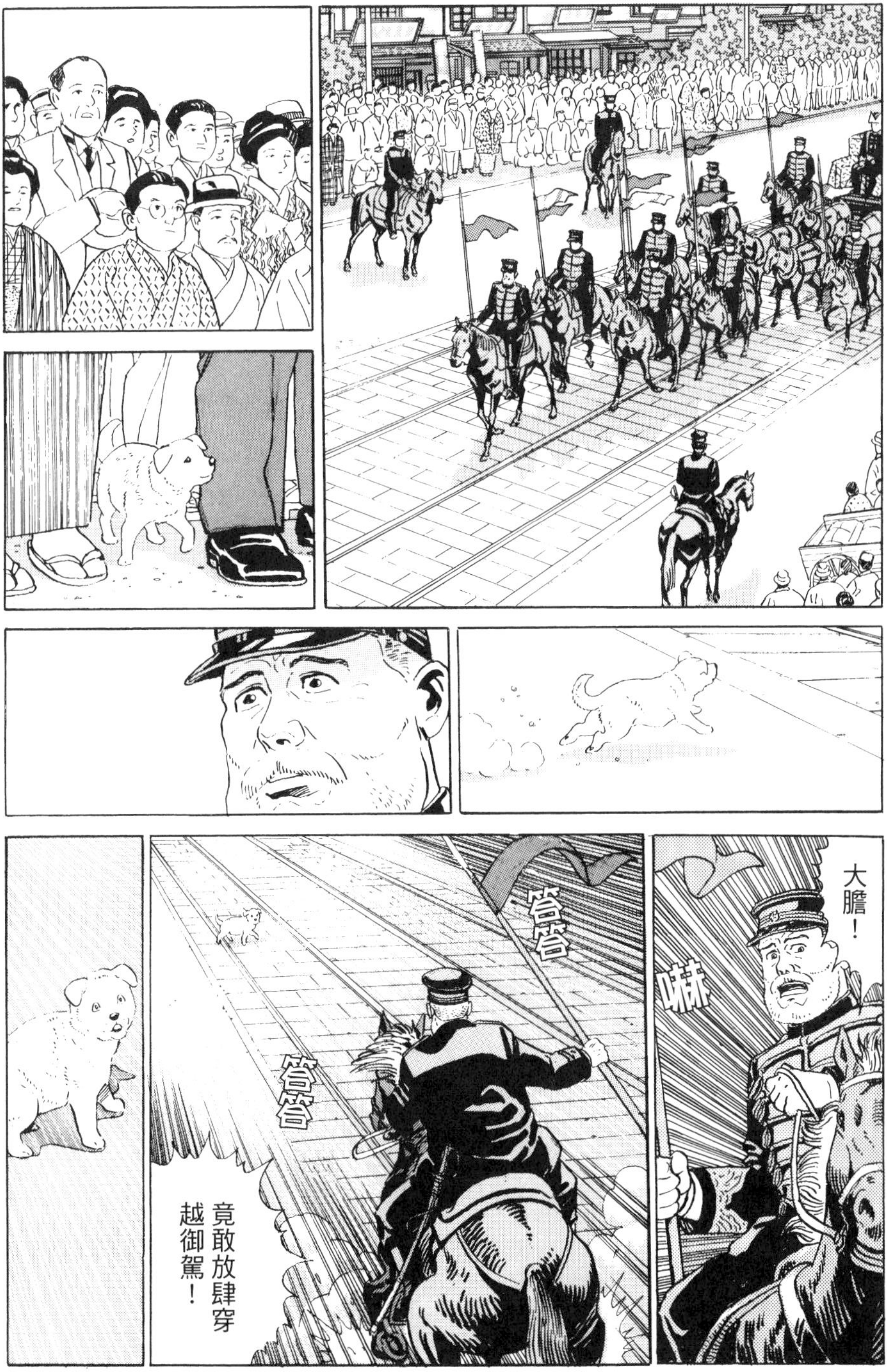
大膽！
嚇
答答
答答
竟敢放肆穿越御駕！

1. 上州（じょうしゅう）：現在的群馬縣。

愛知縣大府站
大府驛
電車上的管野須賀子和新村忠雄目送的天皇御駕，現在來到新橋車站，
無政府共產
入獄紀念
革命
乃木希典護送明治天皇搭上專車，前往伊勢神宮參拜。
請一讀，
天子不是什麼神明的化身。
呃，
怎麼可能不是呢？

住在愛知縣龜崎町的熟練技工宮下太吉生性叛逆，聽說明治天皇會經過，
他帶著一週前收到的《無政府共產入獄紀念》小冊子來到大府站。
什麼天子？他的祖先不過是九州小地方出身的，還害死了當小偷的同伴長髓彥[2]呢……
……
其實不過是熊坂長範[3]、酒吞童子[4]之流。
這本小冊子是箱根怪僧內山愚童，按照平民社名冊寄送到全國各地的。
請看一下這裡……
幹嘛？
「你為何貧窮？請聽我道分明，因為天皇、富人和大地主都是吸人血的蝨子……」

2. 長髓彥（ナガスネヒコ）：日本古代神話中的人物，神武天皇發兵東征，大和國一帶的土豪長髓彥曾率兵迎戰。
3. 熊坂長範（くまさか ちょうはん）：平安時代傳說中的兇惡盜賊，後來被源義經討伐。

啊，火車來了
來了！
天皇陛下萬歲！
萬歲——！
明治四十一年十一月十日這天，宮下太吉領略到明治政府積極推動的天皇制實在難以動搖……
隆隆
天皇陛下萬歲！
萬歲！
隆隆
他深信為了破除民眾「迷妄的信仰」，只能讓天皇像凡人一樣受傷流血，除此之外沒有別的辦法。
天皇陛下萬歲！
隆隆

4. 酒吞童子（しゅてんどうじ）：傳說中盤踞丹波國大江山（一說為近江國伊吹山）的鬼怪頭目，紅臉長角，十分兇惡，統帥許多鬼怪，不時危害人間。

千駄谷　平民社
我沒帶什麼違禁品啊。
在這張紙寫上地址和姓名。

真的?!
你都弄明白了？
沒錯，在愛知有個煙火師傅和我很要好，
他做煙火被弄瞎了一隻眼睛，一開始不肯講，被我灌醉就套出來了……
我要的又不是煙火。
道理是一樣的。
做出來的威力如何？
不實驗怎麼會知道呢？
對付一臺黑漆馬車應該綽綽有餘……
那麼……
……你打算
從愛知縣調職到長野縣明科製作所的途中，宮下太吉在明治四十二年六月六日拜訪位於東京千駄谷九〇三番地的平民社。

5. 煙山專太郎（けむやま せんたろう）：岩手縣人，早稻田大學名譽教授，專精於西洋史及政治學，發表於明治35（1902）年的《近世無政府主義》是當時研究俄國革命運動的唯一專書，影響深遠。

幸德先生知道這件事嗎……
宮下太吉在四個月前，也就是明治四十二年二月來訪，
這還是我倆之間的祕密。
他在初次造訪平民社時，曾對秋水透露暗殺天皇的計畫，秋水只是曖昧敷衍，說這個方法總有一天會派上用場。
喀啦
澡堂的熱水真舒服……
喔，真是稀客啊，
你是……宮下太吉吧？
是的。
看到了沒？
守在門口那些人。
我進來時全身也被搜過一遍。
真是浪費人民的稅金啊。

6. 伊凡．卡力耶夫（Ivan Kalyayev）：俄國詩人、社會革命黨戰鬥組成員，於 1905 年投擲炸彈暗殺莫斯科總督謝爾蓋•亞歷山德羅維奇大公，事成被捕處死。

查禁、禁止集會……寫了稿子也沒人敢出版，
啪啪
印成書機器還會被警察沒收，發行商欲哭無淚，
被斷絕兵糧來源，就沒啥力氣搞罷工和革命了，
……
近來因為我和管野同居的事，許多同志都不往來了，
……
自由戀愛才是無政府主義的原點，竟然連這點也不懂，
虧他們還以主義分子自居。
先生……
到了這個地步，您反正沒什麼好失去的……
咦？
嗯，是啊……
但是，話雖如此……
先生！

宮下先生，
那件事情改天再說吧。
啜飲
我打算回去後馬上製作，接著實驗，
信州的深山，到處有合適的地點……
你聲音太大了。
唉呀，
抱歉，我太興奮了。
宮下太吉在兩個月前的明治四十二年四月，向管野須賀子探詢暗殺元首的計畫，
須賀子在五月二十八日的回信中表示贊同，宮下便在調職長野的路上拜訪平民社。
淀橋

可是，光憑我們兩個……
有四個同志，除了在紀州的新村……
喔，那個書生，
還有另一位是？
去年企圖暗殺桂太郎的青年，名叫古河力作……
叮
叮
他們還很年輕吧？
恐怖分子力量的來源就是年輕。
哐啷
哐啷
那麼，要是「孩子」順利誕生了，
我立刻寫信給妳。

嘩啦
混、混帳東西……幸德那傢伙竟然……
別生氣，可能是誤傳。
才、才不是誤傳，
寒村，管、管野她這陣子根本沒來探望你……
…………

千葉監獄
就算沒結婚，老婆就是老婆……須賀子跟秋水等於是姦夫淫婦，
我、我們在牢裡，可不知道做了幾千雙木屐……
幸德這混蛋，
可能是我們全都入獄，
留下來的同志多少會有些孤單寂寞吧。
難道我們就不孤單嗎？
這麼一來……寒村、寒村太可憐啦……
有什麼關係，
我已經把她忘了。
……忘了嗎？
那種女人，我早就忘了！
嘩啦
咕嘟
咕嘟
喂，七一八號！
不准潛到熱水裡！
咕嘟
咕嘟

這本書有意思嗎？
啊……
還蠻有趣的。
既然這樣，我再借你看別的。
店後頭還有很多跟主義有關的書呢。
咦？
要是有人想看，盡管帶他們過來！
喔。
石川啄木在明治四十二年十月起，和民眾牛奶咖啡廳的老闆藤田五郎走得很近，他其實是伊集院警視正的眼線。

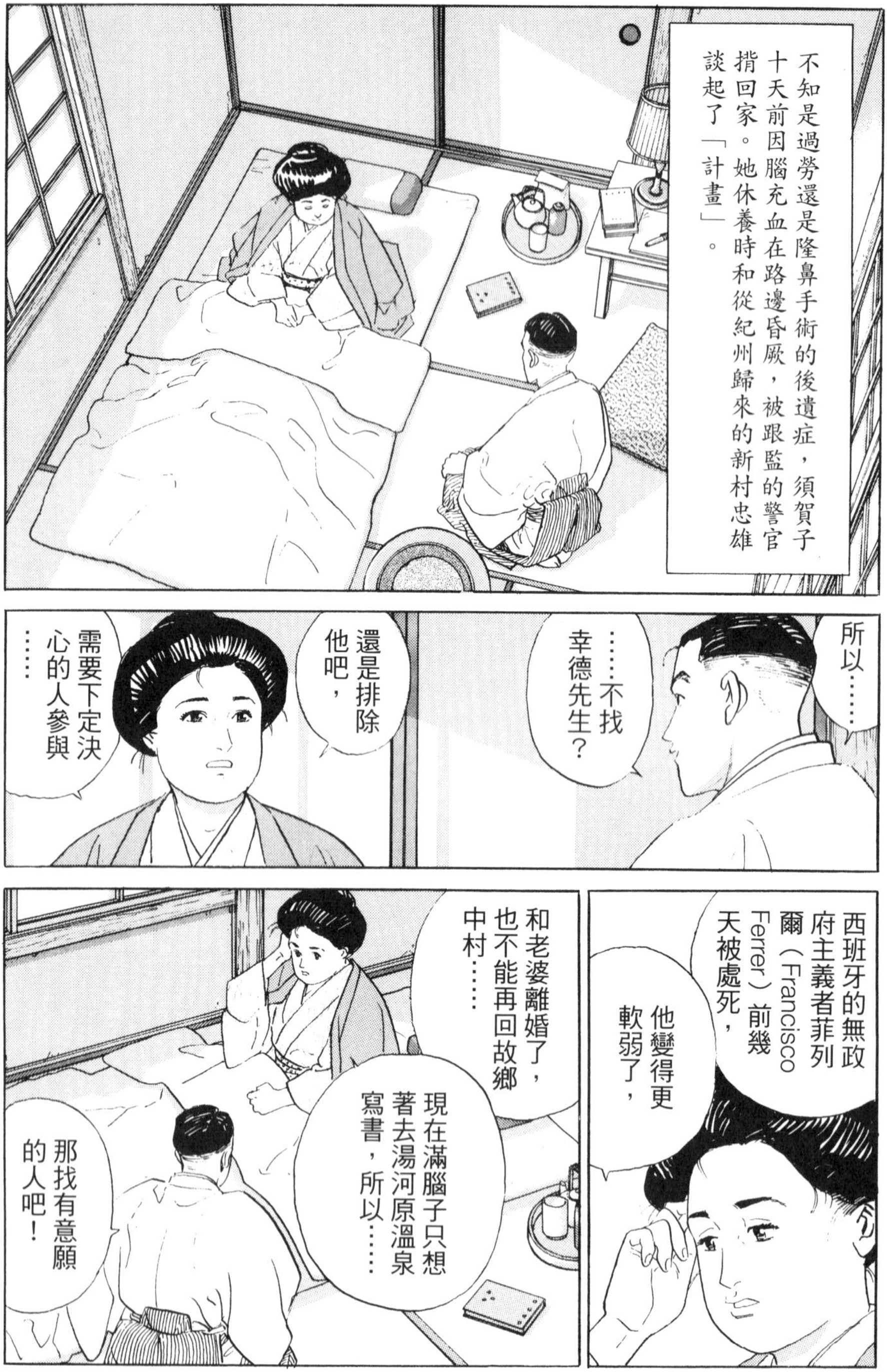
不知是過勞還是隆鼻手術的後遺症，須賀子十天前因腦充血在路邊昏厥，被跟監的警官揹回家。她休養時和從紀州歸來的新村忠雄談起了「計畫」。
所以……
……不找幸德先生？
還是排除他吧，
需要下定決心的人參與……
西班牙的無政府主義者菲列爾（Francisco Ferrer）前幾天被處死，
他變得更軟弱了，
和老婆離婚了，也不能再回故鄉中村……
現在滿腦子只想著去湯河原溫泉寫書，所以……
那找有意願的人吧！

那就四個人……
我和宮下先生，以及……須賀子小姐……
還有一個，
之前說過的古河力作。
THE CONQUEST OF BREAD BY PETER KROPOTKIN
乙
丙
車馬御
丁
甲
甲先丟，接著乙來丟。
丙和丁呢？
是預備，
要是甲和乙的炸彈沒爆炸或炸得不徹底，就要出手支援。
誰是甲？
由我來……
不、抽籤決定吧，
最好趁四人都在的時候一起抽。

須賀子小姐……
嗯？
打個比方，
假設……
不只天皇坐在馬車裡，皇子們也在，那該怎麼辦？
皇子……
當時迪宮（昭和天皇）八歲，淳宮（秩父宮）七歲，光宮（高松宮）四歲。
暗殺的動機不是出於憎恨，
我反倒覺得明治天皇是個挺了不起的人物，
若不殺死天皇，就無法破除迷信，
無政府的時代就永遠不會來臨了，所以才想實現行動。
……

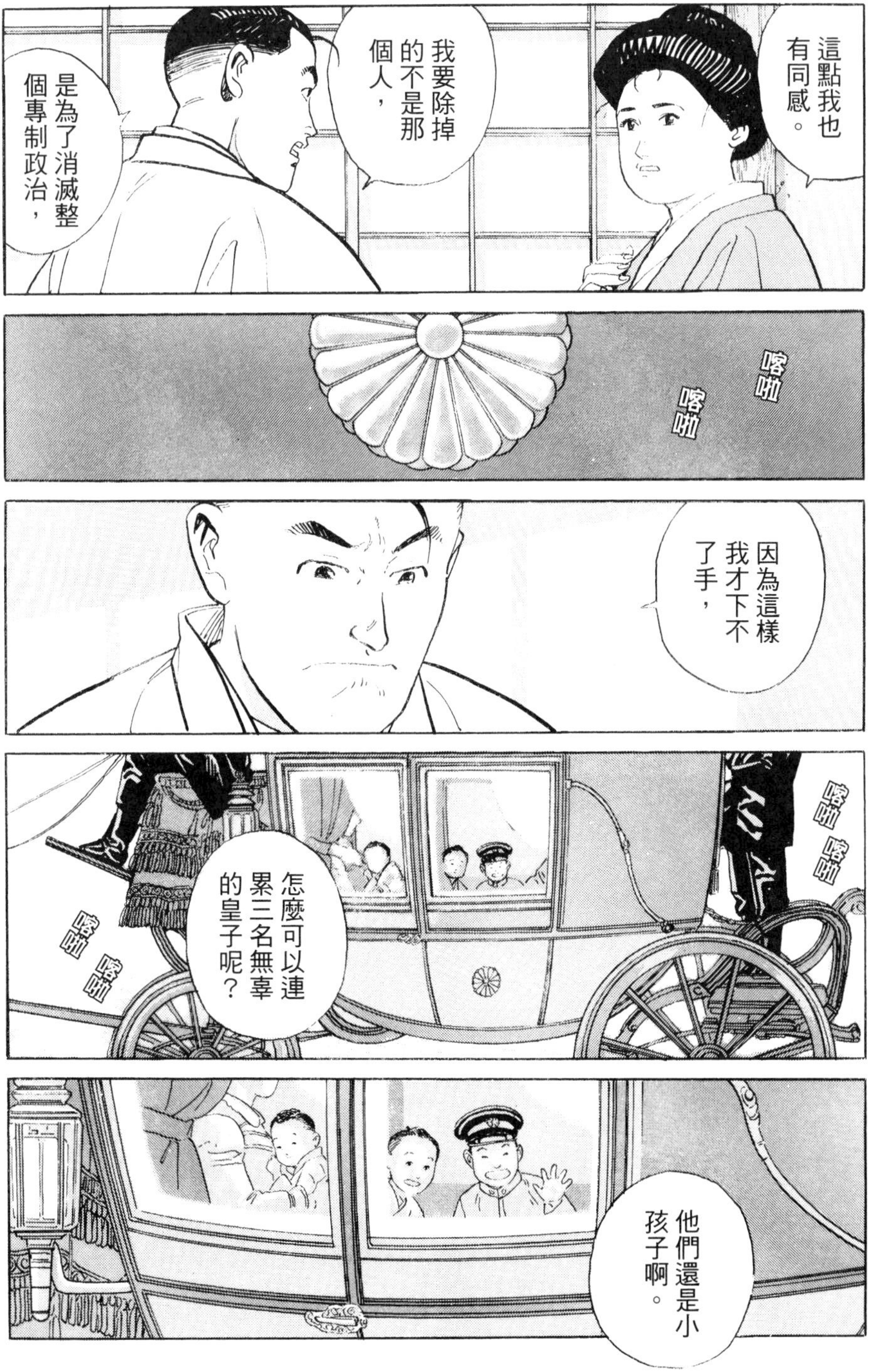
這點我也有同感。
我要除掉的不是那個人，
是為了消滅整個專制政治，
喀啪
喀啪
因為這樣我才下不了手，
喀啪
喀啪
怎麼可以連累三名無辜的皇子呢？
喀啪
喀啪
他們還是小孩子啊。

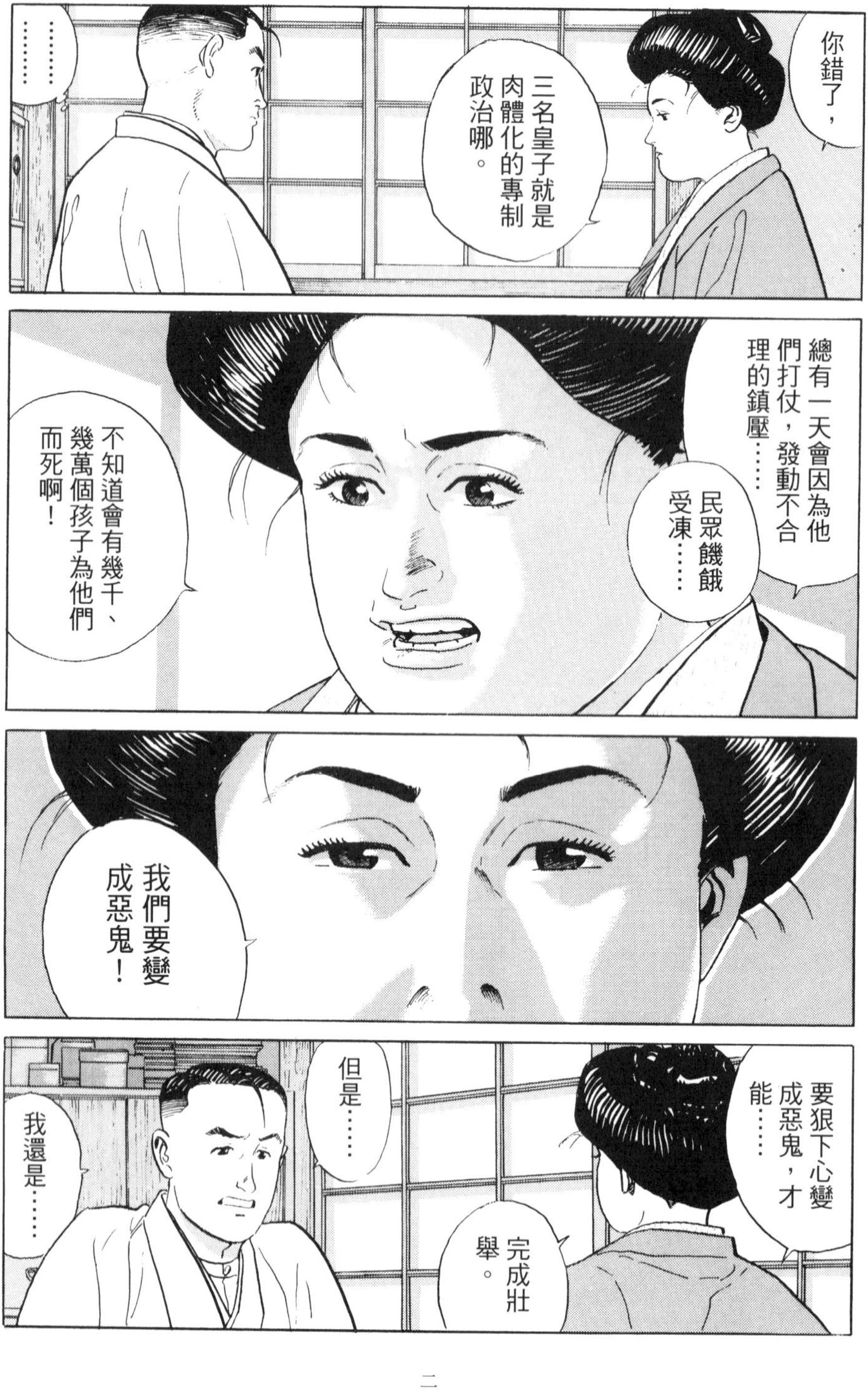
你錯了，
三名皇子就是肉體化的專制政治哪。
……
總有一天會因為他們打仗，發動不合理的鎮壓……
民眾饑餓受凍……
不知道會有幾千、幾萬個孩子為他們而死啊！
我們要變成惡鬼！
要狠下心變成惡鬼，才能……
完成壯舉。
但是……
我還是……

砰—
咻咻咻—
砰砰—
砰砰—
啪
啪
明治四十二年十一月三日天長節晚上，在長野縣明科一條叫犀川的河邊，宮下太吉趁施放慶賀煙火的時候，實驗自製炸彈的威力。
砰砰—
砰砰—

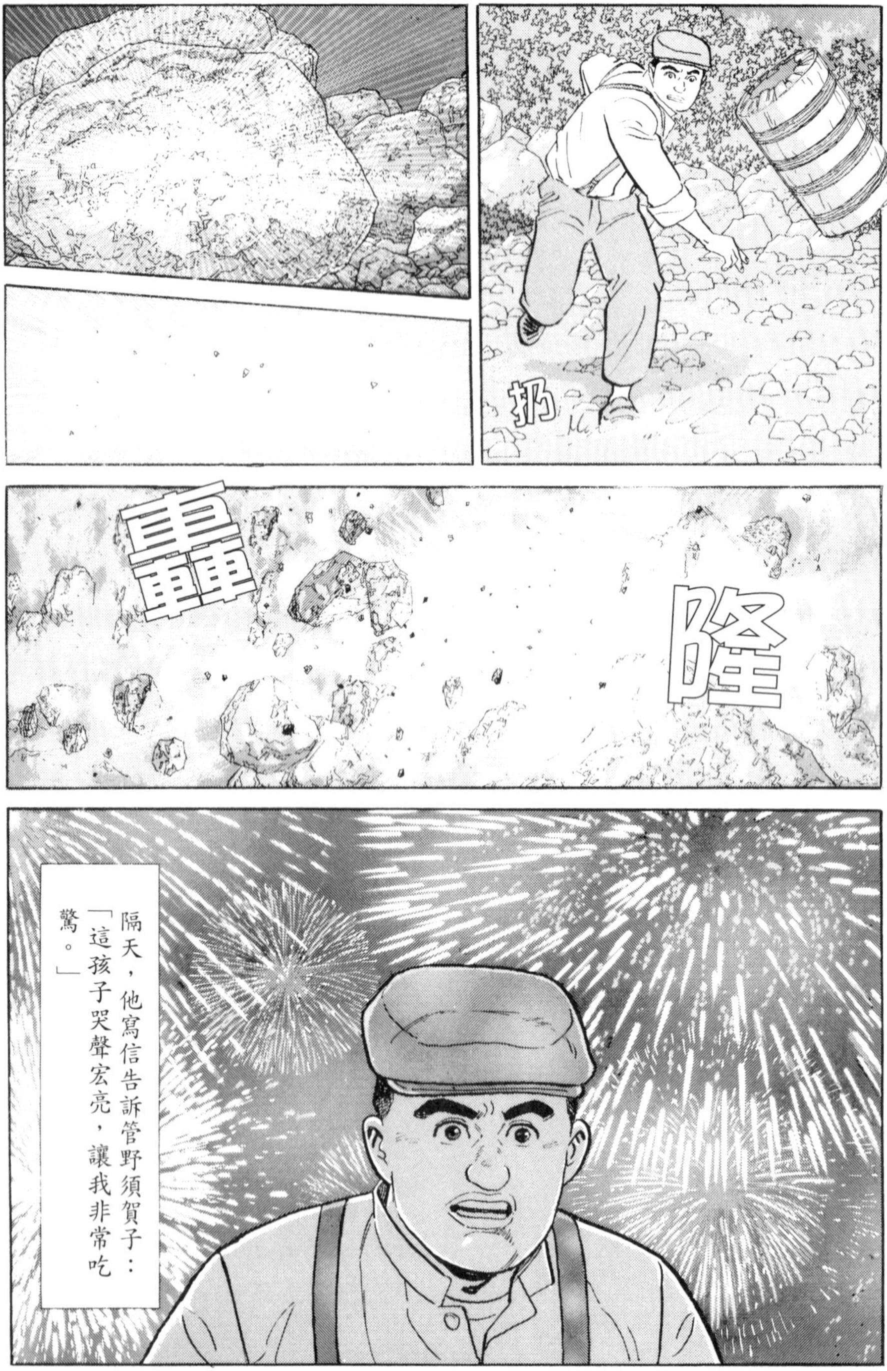
扔
轟
隆
隔天，他寫信告訴管野須賀子：「這孩子哭聲宏亮，讓我非常吃驚。」

第十三章 哈雷彗星回歸

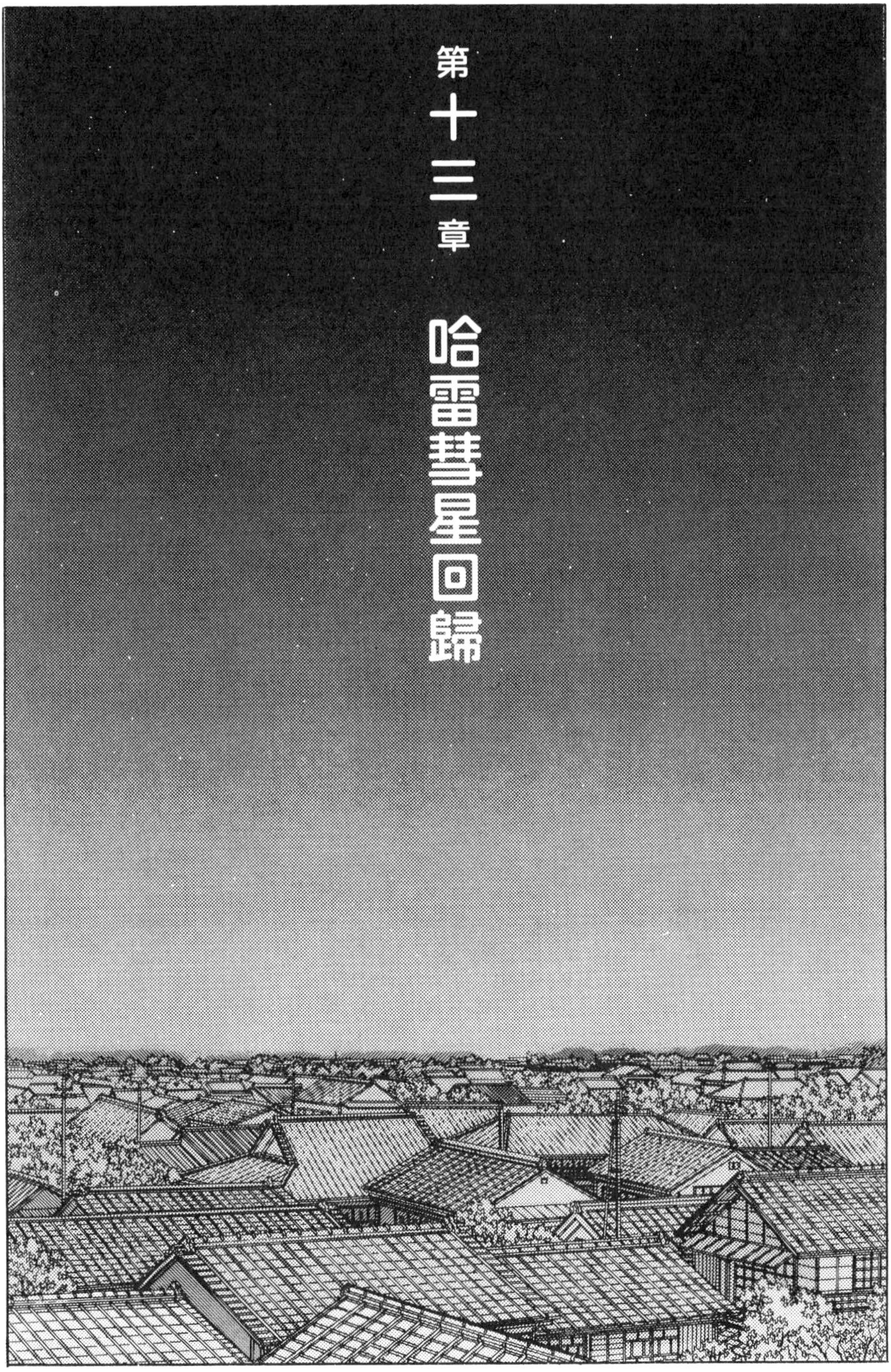

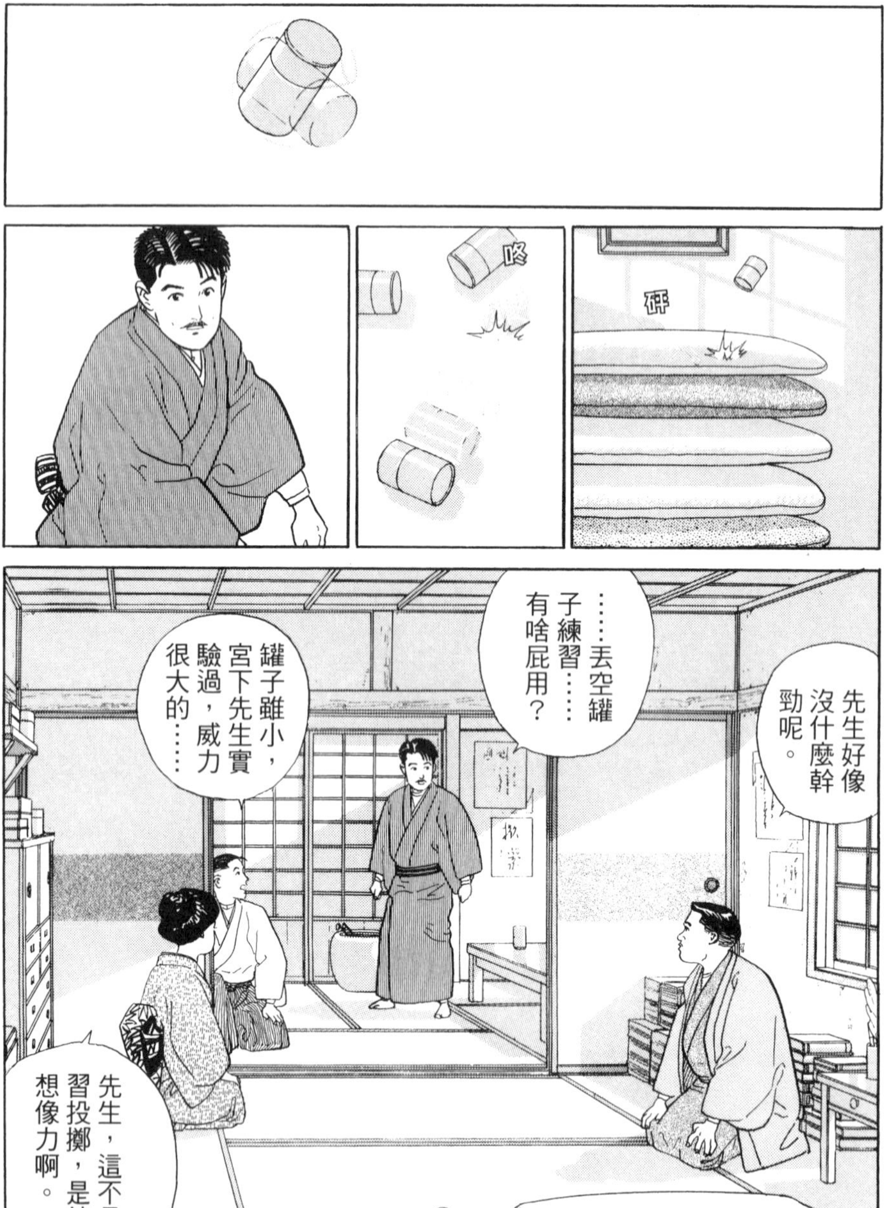
砰
咚
先生好像沒什麼幹勁呢。
……丟空罐子練習……有啥屁用？
罐子雖小，宮下先生實驗過，威力很大的……
先生，這不是練習投擲，是練習想像力啊。

我當然不認為這樣就能改變世界，炸彈可以成為最初的烽火。
俄羅斯革命花了四十年以上的時間。
從暗殺亞歷山大一世，到五年前的革命……
我們都做好犧牲的心理準備了。
……
喝！
咚
幸德先生，
值得紀念的正月新春，請為大家歌詠一首。
……

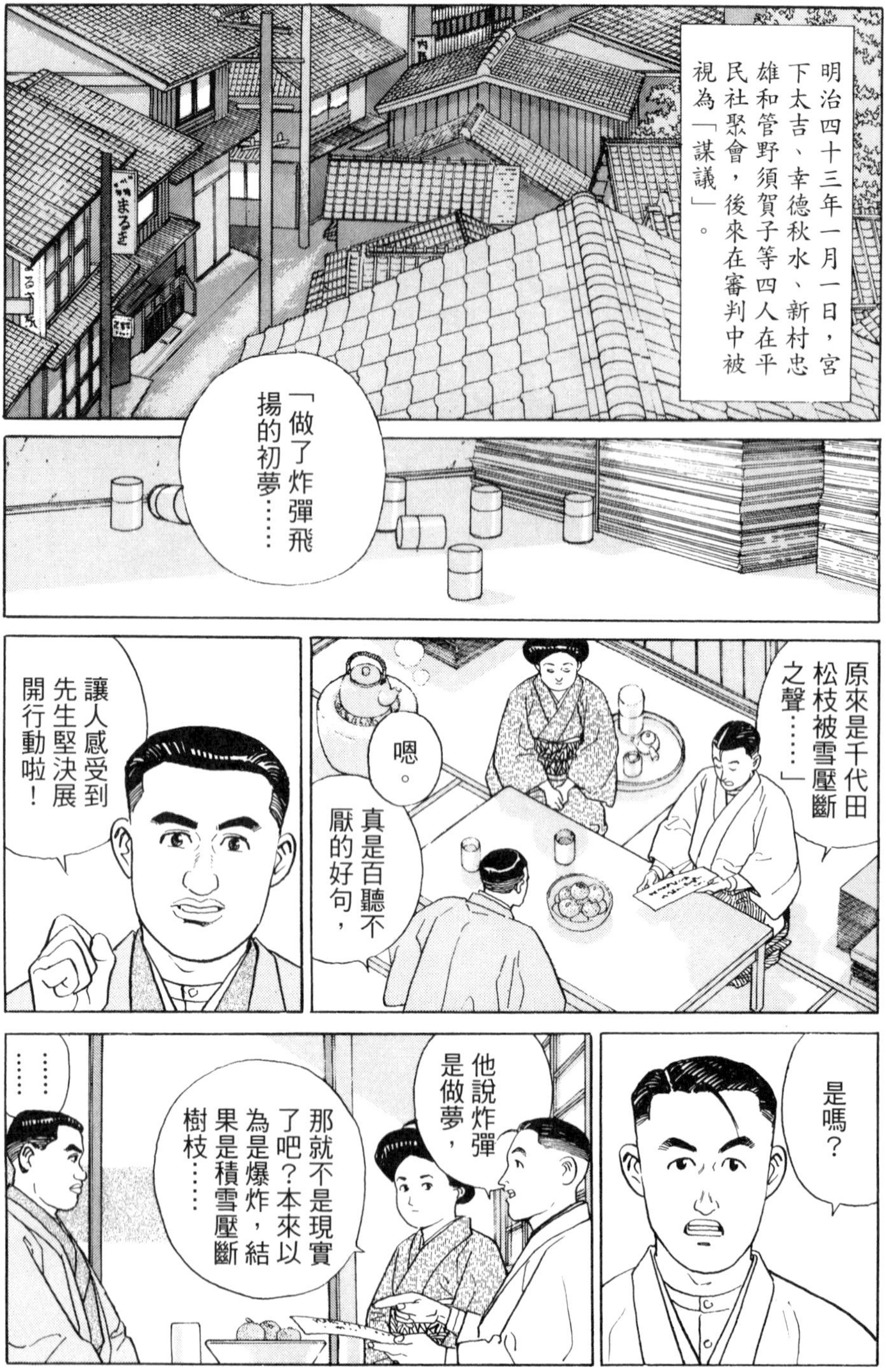
明治四十三年一月一日，宮下太吉、幸德秋水、新村忠雄和管野須賀子等四人在平民社聚會，後來在審判中被視為「謀議」。
「做了炸彈飛揚的初夢……
原來是千代田松枝被雪壓斷之聲……」
嗯。
真是百聽不厭的好句，
讓人感受到先生堅決展開行動啦！
是嗎？
他說炸彈是做夢，
那就不是現實了吧？本來以為是爆炸，結果是積雪壓斷樹枝……
……

新村說的或許沒錯吧。
看來他對計畫興趣缺缺，
故意暗示我們打消念頭。
怎麼會……
他不來替宮下先生送行，大冷天還自己跑去散步。
我們自己有堅定的意志，這樣就夠了……
古河怎麼還沒來？
明明告訴過他，宮下大哥今天就會回去……
滴答
滴答
我必須回信州了。
……那麼，就定在秋天的陸軍大演習那天吧？
過幾天再跟古河一起討論細節吧，到時順便抽個籤……

對這個世界的復仇……
我們雖然喪命，
卻可以名留青史。
……
……對那些男人復仇……
真想抽中第一號籤。
隔天，古河力作終於來到平民社，他懷疑宮下太吉是否真的來訪，
言談中開始找藉口，想從計畫脫身，
自由思想社
等古河在大審院看到初次見面的宮下，早已被套上「數度謀議」的帽子，送上了死刑臺。

秋水在舊友小泉三申的安排下，和政界的幕後黑手會面。
怎麼樣，幸德？
你看，雖然是非正式會面，有松警保局長也來了呢。
飯野吉三郎[1]是政治圈的白手套
別名「穩田行者」的不肖飯野，可以對你保證。
……
有松警保局長
咕嘟

1. 飯野吉三郎（いいの きちさぶろう）：岐阜人，明治37（1904）年占卜日俄戰爭海戰的勝利地點，深獲當時權貴信任，創立新興宗教「大日本精神團」，他在東京穩田購入土地和宅邸而被稱為「穩田行者」。

大家再乾一杯。
奧宮健之——奇怪的是……
這位來歷不明的老壯士，後來竟然也被處以死刑。
飯野先生的影響力可是上達元老，
前幾天還去山縣府占卜了統治朝鮮的運勢呢。
如果你願意離開東京，全心寫作，
警視廳對你的管制，自然可以鬆綁。
鬆綁是指？
不會被查禁……只要不是主義的書刊，還能幫你找出版商。
小泉三申
條件很棒啊，幸德老弟。
幸德，你覺得怎麼樣？
我怎麼能曲節以從……
……
又沒叫你改變志向，
就是去湯河原隱居一下……費用由我這個莫逆之交來設法。

我愛惜你的文才，
田中正造老先生的請願事件雖然犯了忌諱，
你代筆的請願書真是千古名文
……我讀著讀著，還流下了惻隱之淚呢。
……
我有同感，
失去你這樣的文人，未免太讓人痛心了。
失去？
你是什麼意思……
你想一下，要是因故長期坐牢，
你的健康狀況怎麼受得了獄中的生活？
……
所以我才心痛啊，幸德！

……奧宮健之那傢伙，
其實他去年跑去跟飯野吉三郎打小報告，說你加入危險的計畫，正在找製造炸彈的法子，
還向飯野要求一萬圓的調查費。
……然後呢？
飯野根本懶得理他，
奧宮就改口，不然三十圓也行。
……
以前的自由黨壯士竟然成了這副德性，
不過最近警視廳負責國事犯的警官蠢蠢欲動，是山縣痛恨主義分子的毛病害的吧。
……
呼，
好冷啊…

明治四十三年一月二十五日，服刑期滿的荒畑寒村從千葉監獄出獄了。
終於要搬家啦？
刑警先生這下子不用再辛苦地監視我們了。
哈哈，好說，
要幫忙打包嗎？

明治四十三年三月二十二日，秋水和須賀子搬出東京千駄谷的平民社，在小泉三申的安排下到湯河原的天野屋隱居。
行李我們自己來就行了，不用麻煩你，
被子和鍋碗瓢盆，就交給房東處理。
先生和女士要去湯河原，
那……新村你呢？
這個嘛……
我打算先去信州走走。
啾
啾
啾
……是嗎？
去信州啊。

於是，命運的明治四十三年五月終於到來了。

石川啄木依舊住在本鄉弓町的喜之床二樓，毫不理會母親與妻子無言的對立，熱心地校對二葉亭四迷全集第二卷。
京子，哈雷彗星馬上要來嘍。
那是什麼呀？
是好大、好大的流星喔。
聽說彗星來了，地球上的空氣都會被吸光光。
那會怎麼樣？
到時大家都會死掉。
爸爸會死，京子也會……
老是吵架的媽媽跟奶奶也會死。

森鷗外在築地精養軒招待客人，卻一直心不在焉。
事到如今……都過了二十二年……被我失信毀約的那位姑娘……
當時就在同一個房間、這張桌子前……
鷗外在一年前的明治四十二年三月發表《半日》，創作欲再次旺盛起來了，他回想起《舞姬》的愛麗絲，
今年二月，他撰寫小說《建設中》，描寫那段苦澀的回憶。

嗚嗚……
漱石前一年在滿州和朝鮮旅行承受巨大的精神壓力，引發強烈的胃痛，讓他深受其苦。
好痛啊，
痛死我啦……
他在明治四十三年初夏，強忍胃痛，寫完小說《門》。
泛酸水啦。

最終章
明治流星雨

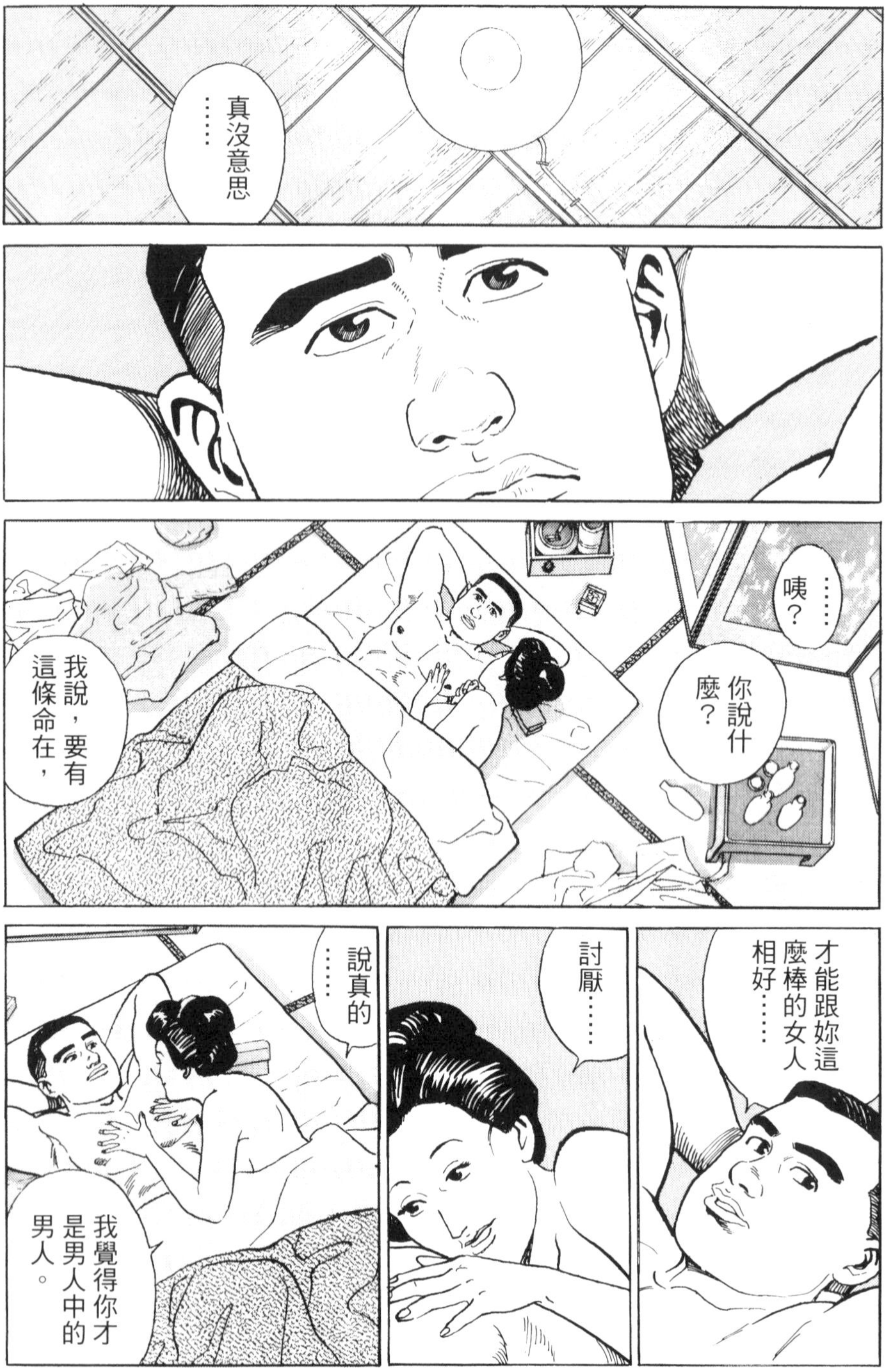
真沒意思……
……咦？
你說什麼？
我說，要有這條命在，
才能跟妳這麼棒的女人相好……
討厭……
說真的……
我覺得你才是男人中的男人。

……沒想到咱倆真的搞上了。
呵呵，
這樣正好，不是嗎？
今天雖然是第一次，
感覺我家那口子已經起疑心了。
反正都要被懷疑，
連一次都沒相好過，豈不是虧大了？
我會叫妳老公閉嘴的。
千萬別亂來啊。
別擔心，
我自有辦法……
緊抓
啊啊……
危機正要降臨在信州明科的宮下太吉身上。

同一時刻——
嘴上說不在乎，心裡嫉妒得發狂的荒畑，抱著殺意來湯河原找秋水和須賀子。
天野屋
有個叫幸德的傢伙住在這裡吧？
哇，
好兇喔！
叫管野的女人呢？
管野小姐十天前就收拾行李走了。

幸德人呢……
前天也去東京啦。
聽女傭說，每天都有信從東京寄來給先生……
八成是管野小姐在吵鬧，要是不來找我就要尋死吧。
……
你怎麼啦？
不過，聽說幸德先生馬上就會回來，
我在車站前的茶屋工作，可以幫你傳話給他……

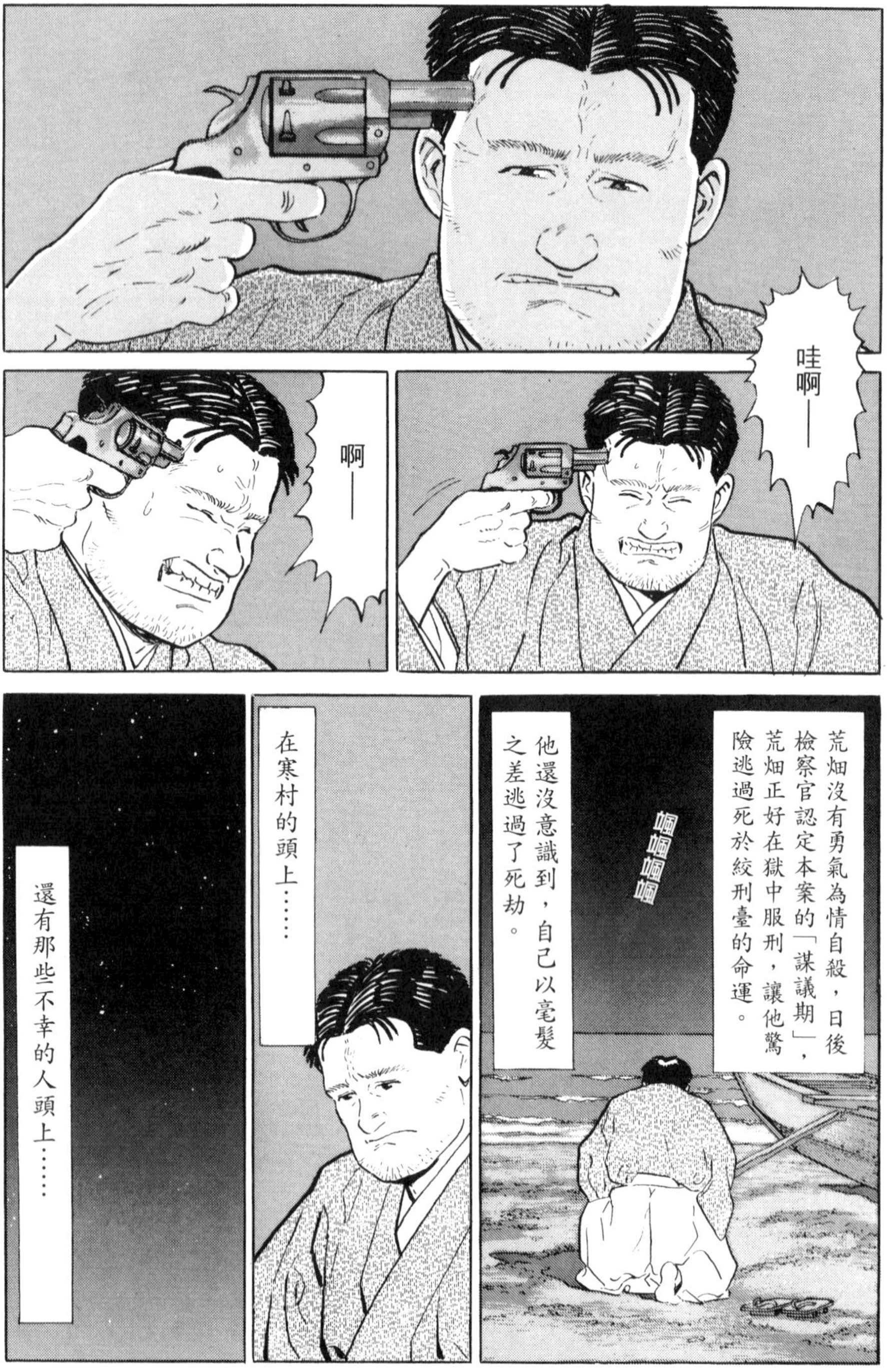
哇啊——
啊——
荒畑沒有勇氣為情自殺，日後檢察官認定本案的「謀議期」，荒畑正好在獄中服刑，讓他驚險逃過死於絞刑臺的命運。
嘔嘔嘔嘔
他還沒意識到，自己以毫髮之差逃過了死劫。
在寒村的頭上……
還有那些不幸的人頭上……

明治四十三年五月十八日，哈雷彗星最接近地球的一天，
彗星拖著不吉利的長長尾巴，劃過了半片天空。

妳明天就要去服刑啦。
是啊，要到九月才能出來，
然後，在十一月行動……
剛剛抽到的籤……
那個東西……
還不趕緊扔掉?!
五月十七日，管野須賀子為了折抵罰金去坐牢的前一天晚上，
新村、管野、古河等三人在平民社對面的增田家聚會，抽籤決定投擲炸彈的順序。

甲
我是第一號。
二號。
三號。
我替宮下大哥抽到了四號。
管野小姐，
請把第一號讓給我！
這個……
……
古河力作
到九月時，我們再討論吧！
對了，宮下先生怎麼沒來？
……
新村，你們……
昨天為止不是一起在信州嗎？
……

是的……其實，他……
到底怎麼啦？
情況有點奇怪……
……
難不成他想退出計畫？
怎麼可能？那傢伙喜歡吹噓，一開始是他想把事情鬧大…
不是這樣的，
不是你說的那樣……
……
是女人。
女人？

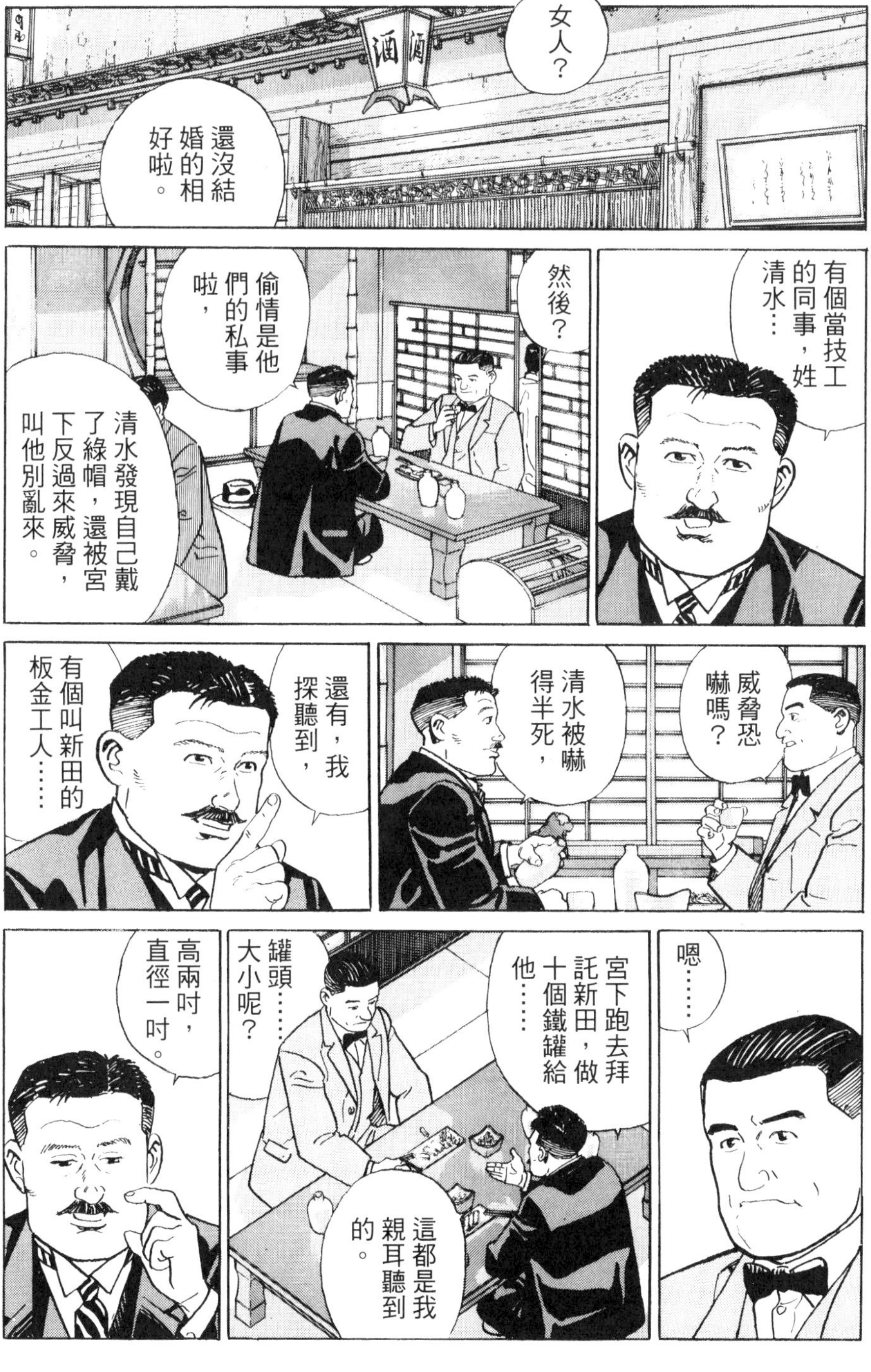
女人？
還沒結婚的相好啦。
有個當技工的同事，姓清水……
然後？
偷情是他們的私事啦，
清水發現自己戴了綠帽，還被宮下反過來威脅，叫他別亂來。
威脅恐嚇嗎？
清水被嚇得半死，
還有，我探聽到，
有個叫新田的板金工人……
嗯……
宮下跑去拜託新田，做十個鐵罐給他……
這都是我親耳聽到的。
罐頭……大小呢？
高兩吋，直徑一吋。

銀次！
是。
……
叫清水的男人還有鐵罐的事，太可疑了……
你馬上跑一趟明科，
說服清水，叫他到松本署自首。
自首嗎？
……這沒有違反爆裂物取締法那麼簡單……
照您的意思……是違反了什麼罪名？
……

什麼?!
把火藥都寄放在清水那裡？
宮下真的這麼說？
沒錯，
他說乾脆把清水拖下水，抓住清水的弱點，等於解決了女人的問題……
竟然把計畫全部跟那個叫清水的人說了……
我不清楚他是不是全都講了……
太輕率了！
……
……
我有很不好的預感。

新村……你馬上趕去明科。
咦……去那裡做什麼？
把全部證據銷毀掉！
連上次的「孩子」也要嗎？可是……好不容易才製作成功……
炸彈算什麼，隨時可以再做啊！
……
……

信州——明科
然而，一切已經太遲了。
被宮下太吉搶走老婆的清水市太郎，被裁縫屋銀次威脅「是宮下可怕，還是官府可怕」，
決心向松本署老實交代，
他說出一段令人震撼的告白。

「……我問宮下，交給我保管的箱子，到底裝了什麼？」
「宮下說，交情很熟我才告訴你，裡頭裝的是火藥啊……」
我要發電報去東京，
收件人藤田五郎，
地址是東京小石川……
「人們把天皇當成神明來信仰，為了破除這個迷信，」
「宮下說，要在十一月三日的閱兵大典上動手，對陛下扔炸彈……」
搜到了！

這應該是火藥吧。
嗅嗅
哐啷
這裡也搜到了！
這是什麼？
……那是……
這是鹽酸鉀沒錯吧？
……
全是製造炸彈的原料。

五月二十五日傍晚，偽裝成社會主義分子的藤田五郎收到裁縫屋銀次從明科發來的電報，轉交給伊集院警視正。
不是依爆裂物取締法，而是以刑法第七十三條來論罪……
刑法第七十三條的罪名是意圖謀害天皇及皇族，
大審院審判一次就會決定是否有罪，而且刑罰是唯一死刑，審判只會認定是否有加害意圖，既遂或未遂並不會列入考慮。
……
山縣有朋還想連坐到幸德秋水身上……
這未免太牽強了……

司法省內部——最高檢察會議
平沼局長。
喔，是有松警保局長。
果然要用七十三條來定罪嗎？
嗯……
……所以也對幸德秋水發出逮捕令了？
這就要問松室檢察總長了……
他參與謀議的嫌疑很大。
可是幸德早已退出第一線，正致力於寫作。
好不容易冒出這個案子，
或許是排除全日本社會主義分子的天賜良機！

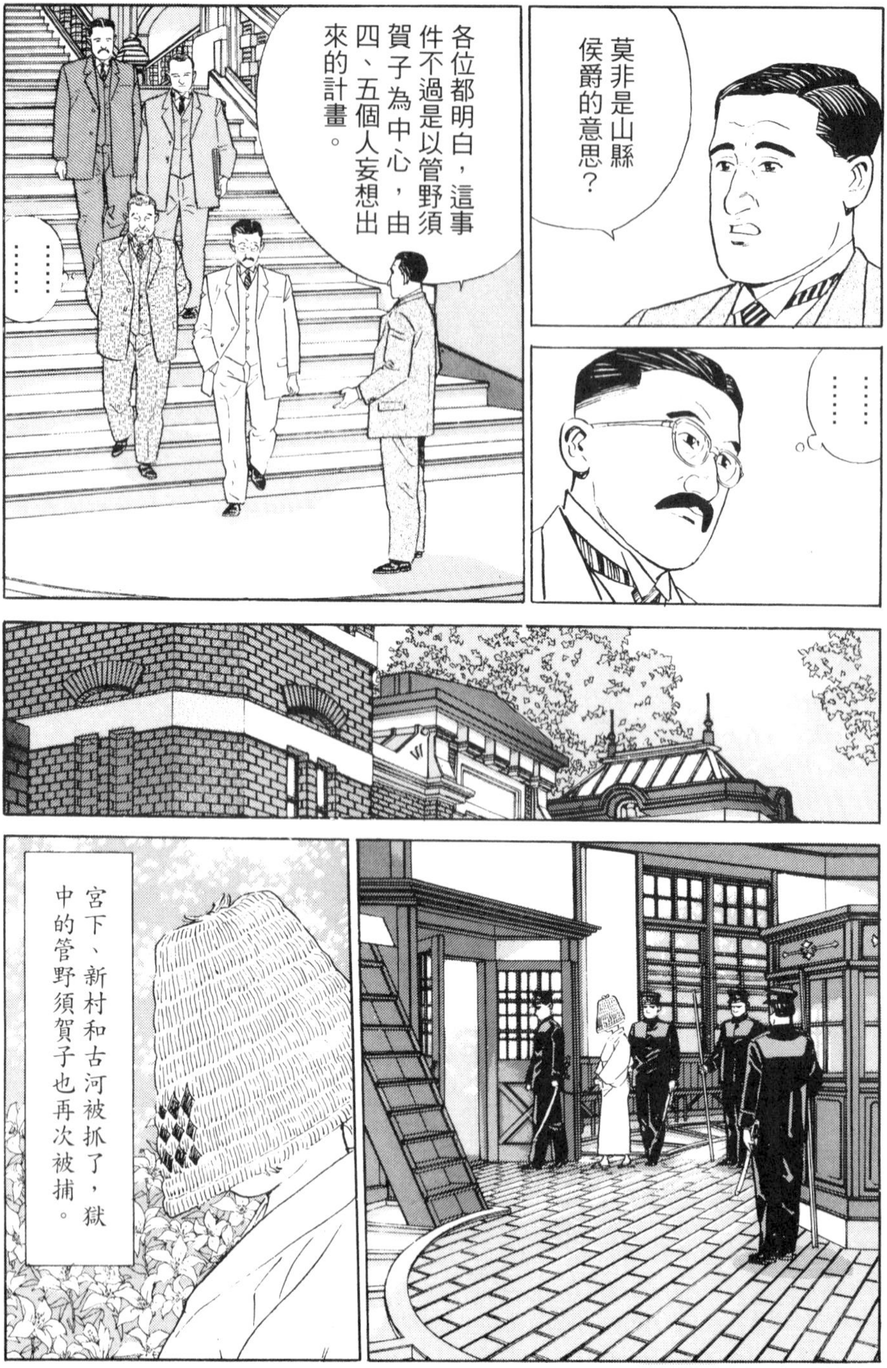
莫非是山縣侯爵的意思？
……
各位都明白，這事件不過是以管野須賀子為中心，由四、五個人妄想出來的計畫。
……
宮下、新村和古河被抓了，獄中的管野須賀子也再次被捕。

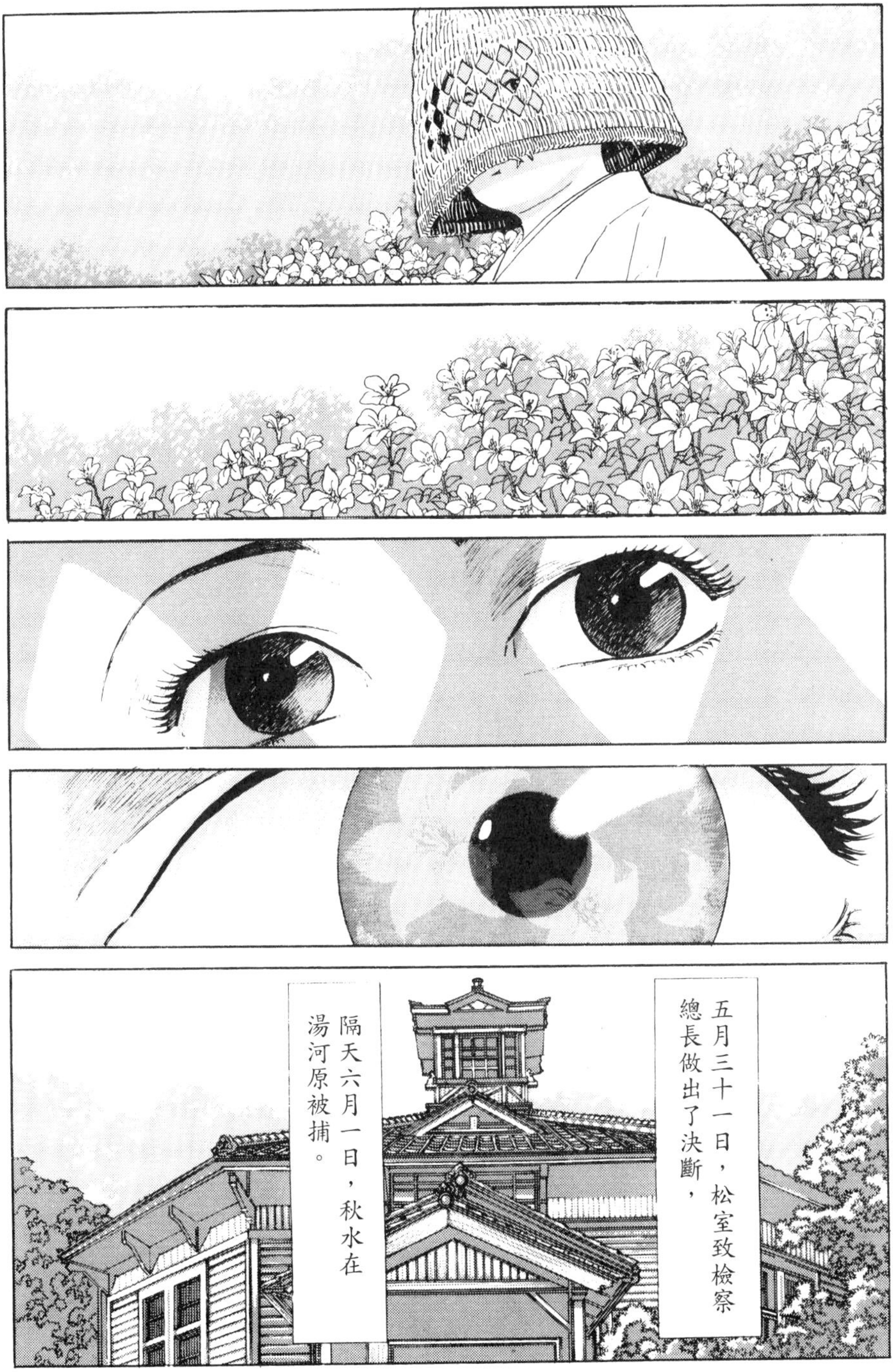
五月三十一日，松室致檢察
總長做出了決斷，
隔天六月一日，秋水在
湯河原被捕。

那一天——人們徜徉在初夏東京晴朗的藍天下，沒有人察覺到事情的嚴重性。
啄木在京橋瀧山町的朝日新聞社上班。
拘拿幸德秋水等七名
社會主義者
「本案現在尚在預審階段，尚無法公開詳細的作案內容」
「目前僅有七名人犯被捕」
「看來並非驚動社會的大案」……是嗎？
呼，
可是，在坐牢的管野小姐竟然再次被捕……

就這樣，管野須賀子等四人構思的粗糙暗殺計畫，逐步被擴大成判決二十四個人死刑的「大逆事件」。

寒村這時在日比谷公園。
女性主義分子
管野須賀子也被捕
沙沙
荒畑，
真是巧遇啊。
藤田先生……
管野他們大難臨頭啦。
最近有跟幸德先生碰面嗎？
……我沒見到他。
是嗎？
算你運氣好……
啊？
哈哈哈，沒事、沒事。

堺利彥和大杉榮還被關在千葉監獄裡頭。
啪
將軍！
啊……
喂，你這著棋，
等等，重來吧！
他們還不曉得外頭發生了什麼事。
咚！
嗚啊……

嗚～～
嗚～～
痛死啦！
受不了……
乾脆把我的胃切掉，拿去餵狗算了。
強烈的胃痛來襲，讓漱石在神樂坂上進退兩難……
真不想去醫院……
嗚嗚
是偷吃太多果醬害的嗎？
汪、
汪！
走開，
別來煩我！
……難不成，我只能去住院了？

明治四十三年六月，哈雷彗星朝著黑暗的彼端飛去，
近代日本也來到了轉捩點，
那年八月，在下著豪雨的修善寺[1]，漱石在生死邊緣輾轉徘徊——

1. 修善寺溫泉：位於日本伊豆半島中部山區的溫泉勝地。

關於《明治流星雨》

在《「少爺」的時代》第三卷《蒼空之下》問世後，又過了三年半的歲月，第四卷《明治流星雨》終於出版了。本書的主角是明治時代後期出生和生活的文藝家，試圖描繪出日本近代的思想潮流和明治人物的精神面貌。劇情漫畫在「戰後」這個絕無僅有的時代誕生，開始蓬勃發展，在大家以為它走到盡頭時，反而迎向了擴展及成熟的階段，我興起用劇情漫畫來表現上述題材的念頭，想想來竟然是十年前的事了。

要是讀者們想責怪本系列出刊過於緩慢，一切都是關川個人的責任。時光和窗外的風景渾然一體地高速流逝，片刻也不停留，讓人有種唯有往日情懷被獨自拋在原地的感受，我不是為自己辯護，這和年歲增長確實有很大的關係，心情有一半是反省，另一半卻已死心了。

大量產品為了節省時間而被研發出來，要是不考慮這些，明治末期的人和社會其實和八十多年後的現代並沒有太大差異；不，要是假設現代日本人的精神及生活的基礎都是在文化和文政年間[1]定調成形的話，不只是八十年後，甚至在二百年後的今天和明治時代也沒有太大不同，乍看之下明

1. 「文化」和「文政」是江戶時代後期的年號，相當於1804年至1829年，在幕府將軍德川家齊的統治下，社會繁榮，出版和教育日漸普及，政治中心也轉移到江戶，居住在都市的商人和工匠，也就是「町人」的城市文化成為重心。

治人物是歷史上的群像，其實他們也等於是在昨日過活的人，言行舉止和苦惱喜悅與我們都有共通之處。我也領悟到，所謂的現代人並不能傲慢地以現代人自居，明治人物的這齣歷史大戲，其實可以看成是由現代人扮演的，我意識到這點後，就產生用結合連篇故事為長篇作品的靈感了。

記憶中，我第一次和谷口治郎搭檔是一九七七年初春的事，那也是我創作劇情漫畫的契機，我們兩人過了十八年雖然稍有疏遠，依然未曾間斷地合作下去。

劇情漫畫現在已經成為全世界注目的創作領域，然而，我之前多少還是抱持著某種疑慮——劇情漫畫大概用不著編劇吧？坦白說，在接觸到「原作」這份工作後，就是這份疑慮讓我對和其他漫畫家共事有所遲疑。一位才華洋溢的漫畫家，獨自且自由自在地展開想像力，需要為作品提供骨幹的視覺表現技術和日文表現能力，這兩者綜合起來才能構成一部劇情漫畫，在漫畫的現場工作讓這樣的想法更形強烈。我依然執著於和谷口治郎一起創作，不外乎是因為不想輕易錯過和這位擁有希世才華的漫畫家併肩合作的幸運，而我也漸漸意識到，在劇情漫畫這個領域，應該還有些容許編劇家置喙的餘地。

我和谷口花費十五年時間，創作出來的《事件屋稼業》系列六冊漫畫就是一例，其實這部作品屬於幽默讀物，但借用了「冷硬派」的風格，來批評現代日本的流行思潮，如果是一部單純的「冷硬派」作品，那就不需要編劇家插手了，換成單純的「幽默讀物」也是同樣的道理。我在試驗將兩個類型結合起來的種種方法時，也找到讓編劇家發揮長才的活路，而《「少爺」的時代》全五卷，同樣也有讓編劇家發揮的空間。

本系列的第四卷描寫在漫畫作品中極少會著墨的「大逆事件」，以及事件發生之前的情況。我認為這個事件帶給明治知識分子難以想像的衝擊，後續影響相當巨大，最後更注定了日本在昭和二十年必然會走上破滅的死路，想要描寫明治精神史，對大逆事件的著墨是不可或缺的，只是畢竟受限於事件中登場主角的性格特質，作品難免缺乏幽默感這個要素，這讓我留下了深深的遺憾。

下一部作品終於是最後的第五卷了，我以「悶悶不樂的漱石」為題，以明治四十三年八月在修善寺溫泉身患重病，徘徊於生死邊緣的夏目漱石為主角來描繪。這次出書應該不會拖延太多，谷口和我策劃了十多年的作品，終於能如願一展全貌了。

一九九五年三月　關川夏央

《「少爺」的時代》新裝版後記

在神樂坂和編輯會面

一九八〇年代中期，在神樂坂的某間咖啡廳，那位編輯問我：

「你有想用漫畫來描寫的題材嗎？」

「我們出版社狀況還挺不錯的，你想做哪一類都行，就算提了個破天荒的東西，我也不會大驚失色的。」

他是《週刊漫畫 Action》的編輯，暢銷雜誌就是不拘小節，他在八〇年代初期曾派遣年輕的寫手出國，規定必須寫出四週分的稿子，再附上照片，長度約六十張稿紙，除了這個條件，想去哪裡採訪、要寫什麼都是自由的。

這樣的企劃，雜誌編輯部持續了兩年。我去過中美洲和葡萄牙，旅程本身非常有意思，但也讓人深深領略到一件事：驢子是不可能出趟遠門，就搖身一變成了良駒回來的。

那時，這位編輯也是漫畫的責任編輯。

於是，我忐忑不安地對他說：

「那麼，用『思想』來當漫畫的主角呢？不是左派或右派之類的思想，我指的是夏目漱石跟森鷗外這些作家，以行動展現出來的明治時代文藝思想，你覺得怎麼樣？」

本來以為對方一聽就會面露難色，沒想到這傢伙竟不為所動。

「這不是很好嗎？」編輯如此回答：「你就自由發揮吧！不過，別以為漫畫這東西像圖解一樣那麼簡單好懂，你要是這麼想就太蠢了。」

他接著說：「一寫完兩、三週的分量，就先把腳本拿去給谷口治郎瞧瞧，他碰上愈難畫的東西愈是鬥志高昂，我可是相當期待的喔。」

《「少爺」的時代》這部作品，就是這樣開始的。

二〇一四年八月　關川夏央

雜誌連載

WEEKLY 漫畫 ACTION 一九九一年三月二十六日～九月十七日號

關川夏央（SEKIKAWA NATSUO）

一九四九年生於日本新潟縣，作家。主要著作包括：《跨越海峽的全壘打》（講談社紀實文學獎）、《首爾的練習題》、《光明的昭和時代》（講談社散文獎）、《家族的昭和》、《二葉亭四迷的明治四十一年》等書，為表揚其成就，於二〇一〇年獲頒司馬遼太郎獎。

谷口治郎（TANIGUCHI JIRO）

一九四七年生於日本鳥取縣，漫畫家。一九七二年以《暗啞的房間》出道，《遙遠的聲響》入選 BIG COMIC 漫畫獎佳作，並以《養狗》獲得第三十七屆小學館漫畫獎。共著則有《蠟嘴雀》（原作：墨比斯）、《神之山嶺》（原作：夢枕獏）、《事件屋稼業》（原作：關川夏央）等多部漫畫作品。二〇一〇年《遙遠的小鎮》在法國、比利時、盧森堡及德國的共同製作下，改拍真人電影版。

譯者簡介　劉蕙菁

臺灣彰化人，名古屋大學碩士。近期譯有《貴子永遠》、《計程車司機的祕密京都》及《從落難考生到影帝：大泉洋的十六年青春饒舌物語》等書

綠書系
佳在故事裡14

明治流星雨：「少爺」的時代 第四卷

新装版『坊っちゃん』の時代 第四部 明治流星雨

作者｜關川夏央、谷口治郎（関川夏央・谷口ジロー）
譯者｜劉蕙菁
執行長｜陳蕙慧
總編輯｜張惠菁
責任編輯｜盛浩偉
日文顧問｜李佳翰
設計｜陳永忻
內文排版｜黃雅藍
社長｜郭重興
發行人兼出版總監｜曾大福
出版｜衛城出版／遠足文化事業股份有限公司
發行｜遠足文化事業股份有限公司
地址｜23141 新北市新店區民權路 108-2 號九樓
電話｜02-22181417
傳真｜02-22188057
客服專線｜0800-221029
法律顧問｜華洋法律事務所 蘇文生律師
製版｜瑞豐電腦製版印刷股份有限公司
初版一刷｜二〇一八年三月三十一日
初版五刷｜二〇二二年八月十二日
定價｜三五〇元

本作品：新装版『坊っちゃん』の時代 第四部 明治流星雨
NEW EDITION -「BOCCHAN」NO JIDAI IV MEIJI RYUSEIU

First published in Japan in 2014 by Futabasha Publishers Ltd., Tokyo.
This Traditional Chinese language edition is published by Acropolis, an imprint of Walkers Cultural, under licence from Futabasha Publishers Ltd.

出版單位：衛城出版

明治流星雨：「少爺」的時代 . 第四卷 / 關川夏央，谷口治郎著；劉蕙菁譯

ISBN 978-986-96048-2-6（平裝）
NT$：350

填寫本書線上回函

ACRO POLIS
衛城出版
Email acropolis@bookrep.com.tw
Blog www.acropolis.pixnet.net/blog
Facebook www.facebook.com/acropolispublish